李银河

北京华景时代文化传媒有限公司 出品

一生所寻 不过爱与自由

李银河 著

北京联合出版公司

图书在版编目（CIP）数据

一生所寻不过爱与自由 / 李银河著 . -- 北京 : 北京联合出版公司 , 2024.6
ISBN 978-7-5596-7548-4

Ⅰ . ①一… Ⅱ . ①李… Ⅲ . ①随笔—作品集—中国—当代 Ⅳ . ① I267.1

中国国家版本馆 CIP 数据核字（2024）第 074897 号

一生所寻不过爱与自由

作　　者：	李银河
出 品 人：	赵红仕
监　　制：	俞根勇
特约编辑：	刘　方
责任编辑：	牛炜征
封面设计：	青空工作室
版式设计：	豆安国
责任编审：	赵　娜

北京联合出版公司出版
（北京市西城区德外大街 83 号楼 9 层 100088）
北京华景时代文化传媒有限公司发行
北京中科印刷有限公司印刷　新华书店经销
字数 185 千字　　880 毫米 ×1230 毫米　1/32　10.75 印张
2024 年 6 月第 1 版　2024 年 6 月第 1 次印刷
ISBN 978-7-5596-7548-4
定价：56.00 元

版权所有，侵权必究
未经书面许可，不得以任何方式转载、复制、翻印本书部分或全部内容。
本书若有质量问题，请与本公司图书销售中心联系调换。电话：（010）83626929

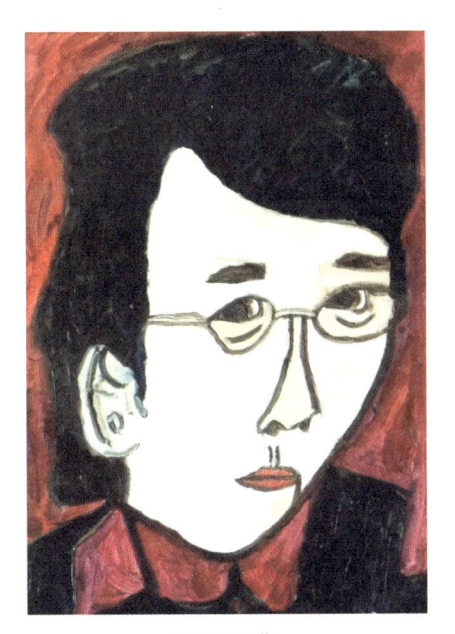

李银河画像

再版序言

这本随笔集原来题为《一个无神论者的静修》。那次去北极，在北极点的冰面上做了一个关于人生意义的演讲，据活动举办者说，这是人类有史以来在北极点所做的第一个演讲，若果真如此，与有荣焉。作为礼物，我给每一位同行者送了这本书。当时一位年轻男士说了一句话，令我印象深刻，他说的是：我从你的身上感到了一种安静的力量。

人来到了一无所求的境界，才能真正安静下来，心中不再躁动，了解了自己的界限，得到了自由和快乐。

人十五有志于学，在年轻的时候，求名求利，一心想要有所成就，追求爱情，建立婚姻，追求幸福的生活（三十而立）；直到40岁才不再犹豫彷徨，找到了一生的生活方式，稳定下来（四十而不惑）；到50岁就知道了自己此生的界限在哪里，能做什么，不能做什么，能拥有什么，不能拥有什么（五十而知天命）；到60岁能够听得进各种各样的话和评价（六十而耳顺）；到70岁就能到达既随心所欲又不会越轨的境地（七十而从心所欲不逾矩）。

年轻时，人在人生的道路上寻寻觅觅，试试这样，试试那样，见见这人，见见那人，寻找自己真正愿意做的事业和愿意终身厮守的人。人到中年，大概率都找到了这件事和这个人，不再犹豫彷徨。没有找到的只是一小部分人。我有个学生，四五十岁还是没有安顿下来，还在尝试去美国上大学。美国的大学不是没有年岁大的学生，也不会有年龄歧视，中国不是也有老年大学吗？只是这人显然没有规划好自己的人生，这辈子全上学了，除此之外啥也不做了吗？

在生命的后半段，人大概率都真正了解了自己是个什么人，能做到哪个层次，有什么事是自己无论如何也做不到的。比如说，我一生研究社会学，写了不少学术书。到了晚年，我觉得自己内心有写小说的冲动，也写了140万字的小说（7部中短篇小说集，两部长篇小说），但是我的小说只有一个主题，就是虐恋，虐恋主题写尽之后(已经出现重复现象)，除此之外并无冲动，也就写不出别的小说了。我在读别人写的小说时，总是边读边想：我能不能像他们那样写呢？我愿不愿像他们那样写呢？心里失望的回答是：不能也不愿。这就是知道了自己的界限在哪里。我没有兴趣去写这样的故事和人物，我不认识他们，不熟悉他们，对他们不感兴趣，没有冲动去写他们。这就是我的界限。

　　人一旦知道了自己的界限之后，心里就安静下来，不再躁动，不再焦虑，可以心安理得（无可奈何）地虚掷时光，可以轻松愉快（不然还能怎样）地用自己的时间和生命做些无所谓的事情了。既然无法再做社会学研究和再写小说，我就把自己平日里的所思所想、所感所悟随手记录下来，大多是我对生命的哲思。我现在想，就这样自由快乐地度过我生命中剩余的时光吧。

李银河

2023 年 1 月 14 日

目 录

1 CHAPTER
生之欢欣

芝麻人生　　　　　　　　　　　　002
挑战幽灵岛　　　　　　　　　　　005
生之欢欣　　　　　　　　　　　　009
学着去死　　　　　　　　　　　　013
生之焦虑　　　　　　　　　　　　017
生命的度数　　　　　　　　　　　019
最难以忍受的活法　　　　　　　　021
你有的就是你要的　　　　　　　　023
人生应追求什么　　　　　　　　　025
要不要奋斗到死　　　　　　　　　029
彻底地思考　　　　　　　　　　　031
生命之偶然　　　　　　　　　　　033
注视生命的流逝　　　　　　　　　036
论生存危机　　　　　　　　　　　039
生命是在宇宙间一次无目的的行走　042

2

CHAPTER

花开有时

追思与感悟	046
花开花落	048
对于终极问题的追问	051
我们生存的世界	054
时间的痕迹	056
意　义	058
紧张与焦虑	060
占有还是存在	062
你知道你多有名吗	065
如何看待名利	068
自然的与人为的	072
一味追求拔尖是幼稚病	075
抵御诱惑	078
什么是哲学	081
心中的恐慌	084
深刻的悲哀	086

3
CHAPTER
相认瞬间的甜蜜

论激情	092
激情之爱的稀少	096
激情为什么不可持久	100
激情是人生中最宝贵的	103
要激情还是要平静	105
生命化境	108
爱是最美好的生存状态	111
沉浸在爱之中	114
对内心的好奇	116
对人充满爱	119
爱情与自由	123
世上没有完全重叠的关系模式	126

4

CHAPTER

爱是灵魂之花

爱情是病吗	130
故意陷入爱情	134
超凡脱俗的精神之爱	137
精神之花	139
喜欢·爱·喜爱	141
在情感类型上的男女之别	143
伟大与张力	146
要不要让自己陷入痴迷状态	148
压抑与升华	150
论欲望	168
欲望是双刃剑	171
理性与非理性	174
心如止水，心如沸水	177
小爱与大爱	179

5
CHAPTER
人生而自由

如何获得自由	184
自由与必然	188
自由与选择	191
自由与掌控	194
论生命之美好与自由的关系	196
信仰的功能及替代品	199
参透与成佛	203
世俗修行的三个目标	205
具象的修行与抽象的修行	209
我的修行	212

6
CHAPTER
倾听心底的声音

我心追随梭罗	216
摆脱纷繁世事	219
修行就是为欲望设限	222
静　心	225
精心呵护自己的心灵	227
清心寡欲	231
完全超脱	233
看破红尘	236
我看不出为什么不可以选择第三条道路	239
净化心灵	241
出世与入世	244
斤斤计较	246
独处·悠闲·静修	248

7
CHAPTER
接纳自己本来的样子

人怎样才能得到快乐	252
怎样才能保持好心情	256
有限的快乐与无限的快乐	259
人生三乐	263
因存在而快乐	265
阳光与阴霾	268
痛苦与快乐	270
抽象与具象	272
生存原则	275
知足常乐	277
不与人比，不与己比	279
保持生命活力	281
保持内心冲动	284

8
CHAPTER
万物皆备于我

世间最美好的事物	288
世间最有趣的事物	290
我的人生基调	293
向往优雅的生活	295
精致的生活	298
生活质量三维度	300
草率与精致	303
从容不迫	305
万物皆备于我	308
为什么做事	311
论无所事事	314
细细品味生活	316
悠闲才是真正的奢侈	318
悠闲与文化	321

1
CHAPTER
生之欢欣

做个聪明人,
严格把关,严格筛选,
非美勿视,非美勿听,
非美勿言,非美勿动,
安能不时时处处感到生之欢欣?

芝麻人生

人生在世，短短几十年，几乎还什么都没整明白，就已步入老年。我属于比较爱想人生意义这类事情的人，从小就爱想，几十年间一直没断了想，即使这么想来想去，也还是想不清楚。可是岁月并没有因为我还没把这件事想明白就等着我，就连流逝的速度都未稍减，该多快还是多快地向终点狂奔。

意义，意义。想了一辈子，还是没有想出什么意义。在浩渺的宇宙当中，这么一个小小地球，就像一笸箩芝麻当中的一粒芝麻；在茫茫人海当中，这么一个小小的人，就像一笸箩芝麻当中的一粒芝麻。我的人生能有个什么意义呢？即使是那些富可敌国的大富豪，那些颐指气使的高官，那些万人瞩目的明星,也不过是在这样一个芝麻星球上的一个芝麻人儿,能有个啥意义呢?

这样想了之后,你不可能不变得冷静,甚至万念俱灰。人生会显得无比渺小、黯淡、冰冷、寂寞,无足轻重,可有可无。所有的事情,都不值得追求;所有的情绪、情愫、情感,都没有必要。那么为什么还要活着呢?既然死是所有人的归宿,为什么还要活呢?

不为什么。什么也不为。活着只是人的一种状态,就像一条鱼,一棵树,一只甲壳虫。我们来到人世,我们消耗掉一些物质,改变周边的一些物质,然后离开人世。说起改变周边物质,想起刘亮程用第一人称写的农村生活:"我"扛把铁锹,在地里挖了一个坑,然后仰天长叹:这就是我能改变的事物。

既然如此,我们该怎样面对这个芝麻人生呢?我唯一想明白的就是,要以比较舒适快乐的状态度过自己的人生。虽然在造物主眼里,我只不过是一粒芝麻,但是这个渺小的生命对于我来说,却是我的全部,是我的整个世界。我的身体就是我的全部,我的感觉就是我的全部。所以,我的身体是否舒适,我的精神是否愉悦,这就是我存在的全部意义。据此,我发明了一种生命哲学,即采蜜哲学:我像一只蜜蜂,我的人生的全部内容只是采蜜。我在花丛中飞舞,只是为了偶尔采撷花中精华。这也就是海德格尔所谓"诗意的栖居"。无论是物质生活,还是精神生活,我只要那一点点精华,最美丽的,最舒适的,最富有诗意的,最适合我的。活着,就享受所有这些感觉;死去,就告别所有这些感觉。这就是我的生活的全部意义。

这种生存方式是否太自私了?是否会伤害他人?或者至少不会去帮助他人?并不是。因为伤害他人时,自己也不会有好的感觉;因为帮助他人时,如果是自己愿意的,自己也会有好的感觉。这就是车尔尼雪夫斯基在名著《怎么办?》中提出的"合理利己主义",它与利他主义的区别在于,后者纯粹利他,而前者在利他的同时利己,是为了自己美好的感觉去利他的。

我不否认世界上有特蕾莎修女那样高尚的人,但是她是圣人,并非常人,绝大多数人却只是常人。大多数人做不成圣人,也不必做圣人。因此,我有信心:合理利己主义和我的采蜜哲学是适合常人的生命哲学。

挑战幽灵岛

人总是生活在惯性里。我的意思是,人活着,但是并不是时时意识到自己活着,只是懵懵懂懂地凭着惯性度过时光,就像在一个大下坡的滑道上,心里空空,头脑昏昏,梦游一样不停地凭着惯性往下滑行,到了终点或者马上就要接近终点时才猛然醒悟:我这是在哪里?我在做什么?我是谁?为什么?

我的一生大部分时间就是这样过来的。有点与众不同的是,我在往下滑的时候会比较频繁地从梦中惊醒,不时问自己这些问题。当然,没有答案。于是又睡过去,延续梦中的滑行。

人活着,要名,要利,要荣华富贵,要流芳千古,什么都想要，但很少想为什么要，只是凭着一种从幼儿园时代被培养出来的竞争心（每次考试都是一次小小的培养）拼命往前跑，如果跑到了别人前头，还会边跑边回头看看，把别人落下多远，会不会被人追上。在人生赛道上发足狂奔之时，很少有人能停下来想想，自己这是往哪里跑，为什么要跑，最终的目标是什么，为什么。

在这个意义上，我有点儿感激"文革"的爆发（当然对于社会来说，"文革"是场大灾难，这毋庸置疑）。"文革"爆发时我14岁，刚刚在北京师大女附中上了一年学。我从小是尖子生，在考上北京录取分数最高的这所中学时，记得心里得意扬扬地想过：在人生的赛道上，我算是跑在前面的人了。一生的道路好像已经展现在面前，一览无余：好大学，好工作，等等。正在我春风得意马蹄疾之时，"文革"爆发了，大学停办了，把我硬生生从赛道上拉了下来。记得当时的迷茫和失落，本来毫无问题的人生道路被生生掐断，使我不得不重新规划人生道路。说是规划，其实自己哪里有那个权力，只能随波逐流地去农村插队，去边疆沙漠做重体力劳动。我应当走怎样的人生道路？应当追求什么样的人生目标？我的一生应当怎样度过呢？这就是我从小小年纪开始想的问题。如果不是"文革"爆发打断了我正常的生活道路，我不会多想这件事。

当生存目的发生问题遭到质疑之时，我的存在意识苏醒了，这就是我从20岁开始对存在主义产生兴趣的原因。心灵有何种需求，就会身不由己地趋向于那种需求的解决方案，而存在主义就是对于我的生存意义危机的一个解决方案。从一接触存在主义，我立即受到强烈吸引，并且终身不渝地钟情于这一哲学。虽然听说有学院派哲学家抨击存在主义，说它根本算不上哲学，但是我对它的钟爱不曾稍减：我不管它算不算哲学，我只是把它当作我人生排忧解难的方案。

是存在主义第一次使我意识到生命之偶然，那个茫茫大海上偶然闪现的幽灵岛的意象深深植入我的意识中，不离不弃，终身伴随。我们每一个人都像茫茫大海中突然闪现的幽灵岛，在存在一段时间之后，悄然隐没，全无踪影。它的出现，既无目的，也无意义，纯属偶然。存在消失后，全无踪迹可寻，就像从未出现过一样。这就是人生（生命、存在）的残酷真实。我必须鼓起勇气，直面这个残酷的事实，直面惨淡的人生。

不仅要直面这个残酷的事实，还要苦中作乐，为这个毫无意义的偶然生命赋予我个人的意义。我选择的是一个舒适、快乐、宁静的人生，像一件精美的艺术品。享用美好的爱情、友情和亲情，享用人类智慧创造出来的美，尝试自己也创造一点点美,如果不成功也不烦恼,只是把自己的人生塑造成一件精美艺术品。值得庆幸的是:做这件事跟别人无关,跟才华无关,只要我想,我就能做到。

生之欢欣

在没病没灾身心俱健的时候，我们常常能感觉到生命的欢欣。

首先，我们每个人能够生而为人，在浩渺宇宙中是一个极小概率的事件，是中了一个获奖率为百万分之一的大奖：宇宙中有高智能生物的星球或许只有百万分之一吧，而在地球上万千物种当中能生而为人的概率又比百万分之一还要小。此外，人类当中有那么多人要遭受那么多的灾难：饥饿、寒冷、疾病、早夭，如此等等，不一而足，而能够身心健康地愉快地活着，这概率又是多么小。思虑至此，难道还不应为自己的幸运感到欢欣吗？

其次，大自然是多么美，天空湛蓝，几团白云缓缓飘过，如梦如幻。即使是阴天，乌云凝重地堆在天际，海水从宝蓝色变为略带黄色的草绿，人却并不会因此感到压抑，反而想起早期写实主义油画大师笔下的大海与天空，感到仿佛身临其境，身在画中。傍晚时，美丽的晚霞镶着夕阳的金边，每天都不会重样，其千姿百态的绚丽超越所有艺术大师的想象。绿绿的椰子树在微风中翩翩起舞，沙滩上一种叫不出名字的绿叶植物茂盛地贴地生长，把长长的枝条尽力伸向大海，在涨潮时，几乎能够触到热情地奔上岸边的浪花。沉浸在大自然无言的美丽当中，怎能不感到生命的欢欣？

再次，人类的情感是多么美好。父母的慈爱，子女的娇憨，爱人的缠绵，友人的温暖，这一切怎能不让人深深陶醉？父母虽然都有各自的烦恼，但是他们只要一见到我们，脸上就会露出发自内心的微笑，他们是那么喜欢我们，虽然他们从来不说，可是我们心里就是知道。子女在牙牙学语时半懂不懂地说出的大人话常常令我们忍俊不禁；6岁的小儿子无意中吟出的一句"美丽的妈妈开满山坡"令全家津津乐道至今；出差时上小学的儿子电话中的一句"想你了"登时让人泪流满面。爱情的美好感觉就更不必说，当你心里知道他说你是"无价之宝"并不是什么俗套的甜言蜜语而是他内心深处对你的感觉时，那种自豪与欣喜是语言难以形容的。

与知音好友谈天说地,海阔天空,相互欣赏,相互激励,偶尔心有灵犀地会心一笑,竟能使人感到在这个世界上不再孤独,心中如沐春风,如浴冬日,也是人世间少有的美好感觉。沉浸在美好的亲情、爱情和友情当中,怎能不感到生命的欢欣?

最后,人类的物质和精神产品是多么丰富,多么美好,能给我们带来多少身心的舒适和愉悦。不用普鲁斯特的小马德莱娜糕点,就是普普通通的大白馒头也能给从小习惯面食的肠胃带来美味的感觉;在暑热难当的夏夜,空调吹来的凉风能胜过杨贵妃独啖荔枝的感觉;写作时作为音乐背景的亨德尔的室内乐使人感到优雅悦耳,文思泉涌;卢浮宫里的画作、雕塑令人赏心悦目,叹为观止;构思稍微精巧一些的侦探小说都能令人心痒难耐,欲罢不能,更不用说出自文学艺术大师手笔的真正美好的艺术品给人带来的无穷无尽的喜悦和享受的感觉。有一瞬间,你觉得大师就坐在你的身边,深邃、充满智慧的目光直视着你,一丝笑意倏忽闪现,使你觉得心中无比熨帖,快感渗入心田。天天沉浸在如许的快乐当中,如何能够不感到生命的欢欣?

归根结底,所有这些眼耳鼻舌身对外部世界的视觉、听觉、嗅觉、味觉和触觉最终还是要回到自身,经历最后一道手续:剔除了所有肮脏烦乱的坏的观感,只留下那些美好的观感。做个聪明人，严格把关，严格筛选，非美勿视，非美勿听，非美勿言，非美勿动，安能不时时处处感到生之欢欣？

学着去死

读过黑塞的《悉达多》和《玻璃球游戏》，觉得他是一个很有哲学味的小说家，爱在小说中讨论哲学问题，思想深邃隽永，毕竟是诺贝尔文学奖得主嘛，非等闲之辈。缺点是这个人身上带着一股书呆子气，加上德国人特有的那股认真劲儿，有时对事情较真到令人忍俊不禁的程度。比如他在一篇论年龄的文章中这样说："年老和年轻同样是一项美好而又神圣的任务，学着去死和死都是有价值的天职。"死就死，还要学着去死，这不是笑死人嘛。

笑过之后，冷静想想他的话，想想他究竟想说什么，不由得让人肃然起敬。虽然我最听不得"任务""天职"这样的话，觉得它们把人好端端的生活搞得味同嚼蜡，但是说年老和死亡是需要适应的事情却没有错，而要想适应就需要学习，所以黑塞说要学着去死也没有错。

人从年轻步入年老，最终走向死亡，就像植物从破土出芽，到抽枝长叶，到开花结果，再到枯萎凋零，是任何一个人都无法逃避的过程，这是一个虽然痛苦但却真实到残酷的事实。所以，与其心怀惴惴，闪烁其词，不如勇敢面对，坦然言说，甚至像黑塞所说的那样，把它当作一门课程来学习，探讨一番。

如果让我来开这门课程，我就把它概括为两个部分，第一部分探讨年老和死亡是什么（what），第二部分探讨如何应对年老和死亡（how）。为什么（why）就算了，因为没有为什么，上帝就是这么安排的。

年老和死亡跟年轻和活着相比肯定是比较痛苦的，几乎可以在所有下列反义词组中成为后者，比如茂盛和枯萎，成长和衰落，向上和向下，快乐和痛苦……但是，难道年老就不能是快乐的而只能是痛苦的吗？黑塞在同一篇文章中这样写道："我们曾为愿望、梦想、欲望、激情所驱使，正如人类的大多数人一样，通过我们生命岁月的冲击，我们曾不耐烦地、紧张地、充满期待地为成功和失望强烈地激动过，而今天当我们小心翼翼地翻阅着自己生平的画册时，禁不住惊叹：我们能躲开追逐和奔波而获得静心养性的生活该是多么美好。"是啊，年老不应仅仅是痛苦的，它也可以是快乐的、美好的，比年轻还快乐、还美好。因为所有的奋斗、竞争、辛劳和磨难统统离我们远去，我们可以随心所欲自由自在地享受生活，作为我们一生辛劳的报偿。这是我们应得的快乐和安适，是我们的特权。我们可以像古代的贵族那样生活几十年，成天无所事事，兴高采烈，沉浸在各种美好的事物当中，尽情享用，乐不思蜀，然后怀着平静的心情迎接死亡，在临死时像维特根斯坦那样说一句：告诉他们，我度过了美好的一生。这难道不是一件很美好很惬意的事吗？

那么我们应当怎样对待老年和死亡呢？很简单：以一种享受的心态。步入老年后，人的各类欲望都会降低，那么，根据自己欲望的等级加以满足就好了。人的欲望的强弱有很大差异，与年龄成反比，即随着年龄的增长而逐步降低。有的人的欲望几乎全部丧失，像水边石头上晒太阳的乌龟，可以一动不动几十年；有的人食欲、爱欲、性欲尚存，那就应当想办法满足，使这些欲望得到满意的宣泄，这也没有什么可羞愧的，不必刻意压抑；有的人还有享受各类精神愉悦的欲望，比如享受各类艺术品的欲望甚至创作欲望，那就尽情地去宣泄这些欲望和冲动。要知道，各类欲望的强弱就是生命力强弱的表征，欲望强者生命力强大，欲望弱者生命力弱小。但是，无论欲望和生命力强还是弱都不必做好坏的评价

（既不必认为欲望强烈才是值得骄傲的，也不必认为到了这个岁数还有欲望是可耻的），只要按照其强弱程度加以满足就是最好的方案。

最后，我想用黑塞《论年龄》一文中充满诗意的话语作为本文的结语。大师就是大师，他的文字不仅言简意赅，而且富有诗情画意："我们对于去参与某些事件和采取行动的要求越低，我们静观和聆听大自然的生命和人类生命的能力就变得越强，我们对它们不加指责，并总是怀着对它们的多姿多态的新奇之感任其在我们身旁掠过，有时是同情的、不动声色的怜悯，有时是带着笑声带着欢悦带着幽默。"他的"掠过"一词用得多么好啊。

生之焦虑

人生在世，总有焦虑。年轻时，焦虑事业，焦虑爱情；中年时，焦虑婚姻，焦虑养家；老年时，焦虑身体，焦虑死亡。由于焦虑过度，人们活得不快乐，严重地陷入抑郁状态。

怎样才能摆脱焦虑？这是人生修炼的一大目标。

宗教信仰是让人摆脱焦虑的一个途径。尤其是一些宗教，对摆脱焦虑有特效，其教义好像是专门针对这个问题而设的。没有宗教信仰的人怎么办？只能靠对世俗人生哲学的潜心研究和沉思了。

人如果很年轻时完全没有焦虑，那他就不可能成就任何事情，因为在人世的诸多竞争中，人生的奋斗就如逆水行舟，不进则退。只要竞争，只要努力，就一定有焦虑。那么消除焦虑的途径在哪里呢？我认为有两个原则可以消除焦虑：一个是量力而行，另一个是适可而止。

如果一个人给自己设立的目标比自己的能力所能达到的高太多，那么焦虑的程度就会很大。在我的一生中，常常记得一句话：求其上，得其中；求其中，得其下。如果一开始就把自己的目标定得很低，那么成就就不会大。所以为自己设立一个比较高的目标是对的。但是，目标不可以比自己能力所能达到的高出太多。比如自己明明没有文学才能，却立志要做个文学家，目标实现不了，就会陷入焦虑之中。为自己设立一个略高于自身能力的目标即可，既可以起激励作用，又不至于使自己屡受挫折，陷入焦虑。

所有的奋斗和努力应当在适当的时候停下来，或者在年老时，或者在身体衰弱时，或者在欲望减退时。如果身心健康，欲望高涨，当然还可以尽情地去做任何能够真正为自己带来愉悦感的事情，对于我来说，就是写作；在欲望衰退后，就应当毅然决然地停下来，彻底休息，平静地走向死亡，如黑塞所言：学着去死。

生命的度数

生活中有些事是确定的,有些事是不确定的。前者如人一定会死,后者如探险家进入一个未知的地方。

只有具有不确定性的事情才能使人感兴趣。科学家做研究,不确定结果是什么;探险家进入某个地域,不确定能遭遇什么;陷入恋爱的人,不确定对方的态度是什么。这样的事才能令人感到兴趣盎然,跃跃欲试。如果结果已知,人就会变得无精打采。一个典型的真实事例是这样的:有个女人同一个小她十岁的男人同居多年,后来他们决定结婚,婚后很快离婚了。两人的关系失去了不确定性恐怕是分手的原因之一。

生命活力强的人喜欢陷入不可预知结果的事情,生命活力弱的人则愿意待在确定的生活之中。前者喜欢探险，挑战自己的极限，容易陷入恋爱；后者不喜欢冒险，从不挑战自身极限，喜欢守住无爱的婚姻。前者生命跌宕起伏，经历大风大浪；后者生命平和舒缓，波澜不惊。前者生命精彩辉煌，后者生命黯淡无光。

我总是容易陷自己于不确定状态，对于不确定的目标跃跃欲试，兴趣盎然，因此会不时陷入爱情的旋涡，还会涉足陌生的领域，为的是使自己的生活变得更快乐、更美好、更有趣，而不是一潭死水。

每一个生命都是有热度的，只不过冷热的程度有所不同。有的生命是炽热的，像一团熊熊燃烧的火；有的生命是冷清的，像一条静静流淌的河。

每一个生命都是有浓度的，只不过浓淡的程度有所不同。有的生命是浓稠的，像一碗几乎翻搅不动的浓汤；有的生命是寡淡的，像一碗清水。

每一个生命都是有密度的，只不过疏密的程度有所不同。有的生命是密度高的，它因此显得比较重；有的生命是密度低的，它因此显得比较轻。前者可以重如泰山，后者可以轻如鸿毛。

希望我的生命是热度、浓度和密度较高的生命，味道浓烈，而不是清汤寡水。

最难以忍受的活法

人最不能忍受的是光阴虚度,所以坐牢最大的痛苦恐怕不是其他,而是虚度光阴。有个设在小岛上的监狱让犯人每天从岛的一头挑水,长途跋涉,走到岛的另一头,把水倒回海里,做这样无意义的事可以把人逼疯,就是因为它极度强化了人光阴虚度、生命虚掷的感觉。

小波写到插队生活时也有这样的感触:每天看着落日,想到自己的生命竟然这样白白地度过,不禁悲从中来,不可断绝。我们这一代人全都经历过这样的生活,我们将宝贵的青春和生命虚掷在草原、沙漠、边陲、荒野。我们做的大部分事情没有什么意义,仅仅在虚耗生命。有一次,我和小波谈到我们这一代人与前辈、后辈之区别，结论是：我们曾经经历过真正的绝望。老一辈人意气风发，参加轰轰烈烈的大革命，经历大时代的洗礼，改变了中国，改变了世界；小一辈人吃香喝辣，高枕无忧，可以一辈子沉浸在欢乐的小时代，过他们甜蜜的小日子。唯独我们这一代人，生命中一度除了粗笨的体力劳动，就只剩无处宣泄的生命中最高尚的冲动。就是这种感觉。

从社会的角度来看，如果一种制度、一个时代、一种社会安排，令人没有选择的余地，不能按照自己的内心冲动去实现自己的人生，过自己想过的生活，那种制度、那个时代、那种安排就是最糟糕的。从个人的角度来看，如果没有按照自己心向往之的方式去生活，做自己最喜欢做的事，只是按照他人或社会的安排去做自己不愿做的事情，那就是生命的虚掷，是令人最难以忍受的活法。

你有的就是你要的

很早，我就形成了一个看法：你有的就是你要的。这话虽然听上去让人难以接受，但是我的论断自有道理。

首先应当删除的是那种飞来横祸性质的事故，我的论断并不包括这种情况，如交通事故、刑事犯罪、致命疾病或者先天身体缺陷等，因为没有人想成为这些伤害的受害人。我的论断只适用于自己有得选择的人生经历的范畴。

我要说的是：你现在所拥有的一切正是你在生活中所有的选择关头有意或无意所做出的选择的结果。

你如果有一个幸福的婚姻，那是你当初做出正确选择的结果；你如果有一个不幸的婚姻，那是你当初做出错误选择的结果。即使婚姻不幸的原因完全来自对方，比如对方移情别恋或感情淡漠，那也不能排除你当初遇人不淑和没有对对方了解透彻就做出的错误选择的因素。

你如果有一份喜欢的工作，那是你根据自己的内心需求和喜好选择的结果；你如果陷入的是一份虽然人人羡慕但是自己并不喜欢的工作，那也是你自己压抑或牺牲自己的真正喜好所做出的选择的结果。

你如果有心心相印、相互提携的朋友，那是你精心选择和精心培育的结果；你如果没有朋友或者被过去的朋友伤害、背叛，那也是你没有识人之明做出错误选择的结果。

你如果拥有一个平庸、琐碎、痛苦的人生，那是你自己要的；你如果拥有一个兴味盎然的、快乐的人生，那是你自己要的。因为心理状态并不永远跟物质条件成正比，物质生活之痛苦并不一定必然导致精神生活之痛苦；物质生活之快乐也并不一定导致精神上的快乐。所以，无论你感觉到痛苦还是快乐，那就是你要的。

不要抱怨你现在所拥有的一切，它们都是你要的。

人生应追求什么

在论述了人生不应追求什么（金钱、权力、名望）之后，心中感到若有所失：在这一系列的"不"之后，"是"又是什么呢？在否定了对金钱、权力和名望的过度追求之后，人生应当肯定的价值和应当去追求的目标又是什么呢？

我首先想到的是身体的健康舒适。这个听上去太简单太平庸，似乎够不上一个目标，也用不着去追求，其实不然。贫困和疾病是人生中最常遭遇的痛苦，能够使自己得到起码的温饱和健康，对于许多人来说已经是一个要竭尽全力才能达到的目标。为此，每个人从小都要习得一种谋生的技能，长大能够养活自己，能够靠自己的劳作挣得一种比较体面的生活。此外，除开天生残疾、遗传病，很多疾病都是后天的生活方式所致，要靠自己的节制和毅力才能修得健康的身体。所以身体的健康和舒适完全有资格成为我们追求的价值。

身体的舒适当然还应包括性活动（性交和自慰）带来的快乐，这也是人生值得追求的一个重要价值。中国传统性文化对性有很正面的看法，因此得到福柯这样的专家和其他西方人的赞赏。因为根据中国人对性的传统看法，它不仅能够给人带来一时的快乐，而且有益寿延年的功效。而西方人自从信了基督教，对性就有了一种负罪感，总是就自己的性欲望不停地忏悔，内心受到折磨和扭曲。在他们眼中，中国人的传统性观念相当淳朴健康。虽然那些"还精补脑""采战之说"缺乏科学依据，但是其中传达出来的对性活动的正面态度还是相当有益的。一些性活动指南类学说中关于男性一定要为女性带来快感才算成功的性行为的观念，更是为西方女权主义所津津乐道，被认为是最早关注女性性愉悦的观点。

人生值得追求的第二个目标是精神的愉悦和丰富。许多人的一生枯燥干瘪，完全是精神的不毛之地，所有的时间心中只有现实生活中的琐事和焦虑，辛劳一生，很少有开怀大笑、会心一笑和精神亢奋愉悦的时候。其实大自然中就有享用不尽的美景，令人心旷神怡；而人造的美更是无穷无尽，音乐、美术、文学、戏剧，令人精神愉悦，使人感受到生命的美好；亲情、友情和爱情也能够给人带来无与伦比的愉悦感觉。有时，精神上快乐幸福的感觉会远远超过肉体的快感。因此，与身体的舒适相比，精神的愉悦是人生更值得追求的价值。

人生最高的境界是为他人造福，从物质和精神两个方面去帮助那些需要帮助的人。前一方面是理想主义的革命者、改革家、慈善家、医生、志愿者、义工所做的事，后一方面是哲学家、艺术家、科学家、教师在做的事。凡是在自己谋生之外还有造福他人和社会的动机的人都属于这个范畴。他们通过自己的劳作和创造性工作，改善人们的物质和精神生活质量，救苦济贫，救死扶伤，为人们提供精神的享受和愉悦感。当人们因为他们的工作提高了生存质量的时候，他们自己也感受到了一种超越个人快乐的快乐。这一快乐更加高尚、更加纯粹，是一种超越了个人生存目标，为他人、为社会、为世界变得更美好做出了一些贡献的感觉，它使人觉得自己的存在更丰满、更愉悦、更有意义、更有价值。

作为对比，可以将这些到达人生高境界的人与一些出生在富裕之家的懒人两相对照，后者一出生就具备可以终身无所事事的条件，就像古代的贵族，肉体的舒适和精神的愉悦都不必自己去刻意追求，可以信手拈来，但是他们并没有达到人生的高境界。这种人在我看来是另一类"先天残疾人",他们就像冈察洛夫笔下的奥勃洛摩夫,生活舒适则舒适矣,却完全丧失了生活的动力,因此不会有健康快乐的人生,更不会体验到人生的高境界。他们在生活中什么也不追求,也就没有任何特定的目标,因而他们的人生也没有价值、没有意义,就像那个奥勃洛摩夫,小说都读到一大半了,他还没从床上下来呢。

要不要奋斗到死

人一生奋斗,做这做那,到了现在这个岁数,才算真正停下来,得到内心的宁静。

近来学中国水墨画,明显感觉到心越来越沉静。仿佛见到了这几千年来的古人,用同样的笔、同样的纸、同样的墨,画着同样的花草鱼虫、同样的山水、同样的人物。我和几千年前的人、几百年前的人待在一起,心里怎能不静?整天跟死人待在一起,心里怎能不静?

人在努力赚取生存基本资料的时候,心无法静。总不能让自己缺衣少食、冻馁贫困,至少要用自己的劳作换取温饱。不仅要温饱,还要舒适一些才好。否则生活质量太低,对不起自己的身体。

人在满足自身生存之外，还要追名逐利，成了百万富翁，还有亿万富翁在前面；当了处长，还有局长、部长在前面；出了点儿小名，还有出了大名的人在前面，还有不朽的名声在召唤。这些目标都是要投入一生的努力才能达到的。

什么时候才能获得内心的安宁呢？为什么要获得内心的安宁呢？不是有人说生命不息奋斗不止吗？不是有人号召小车不倒只管推吗？他们那种生活态度难道不对吗？

我只能说：奋斗到死只是一种可供选择的生活方式，还有另一种生活方式，就是不奋斗到死，提前停下来，享受生活。前一种生活方式是利他主义的，因为他的奋斗结果无论是更多的钱、更多的权还是更多的名，基本上都是为他人的，是由他人来享用的；后一种生活方式是利己主义的，是活在当下的。我们不能说，前者必定是高尚的，后者必定是低下的，只能说前者可能是更辛劳的，后者可能是更轻松的；前者可能是更躁动的，后者可能是更宁静的。只有一种人例外，那就是艺术家，因为他的奋斗是他生命力的喷发和宣泄，他的吃苦给他带来无与伦比的快乐。就像作画至死的凡·高，作画是他唯一知道的生活方式，而不是常人所认为的努力和奋斗。

彻底地思考

如果思考，就要彻底。要穷尽真理，要穷尽所有的可能性，找出事物的真相，无论这真相是多么残酷，多么悲惨，多么令人无法正视。如果没有勇气接纳真相，就不必思考了。

尼采的思考是彻底的。在那个人人都笃信宗教的时代，他坚定地宣布无神论，居然说出"我是炸弹"这样悲壮的话，可见他当时承受了多么沉重的心灵重压。要彻底地思考，即使思考的结论是无神论也在所不惜。在他的时代，要面对没有天堂、没有地狱、人生的易腐、人生的无意义，需要多么大的勇气！他竟然这样做了。他后来的疯狂是不是因为承受了过重的心理压力呢？

萨特的思考是彻底的。他也是无神论者。他对于存在的偶然性的揭示也是彻底思考的结果。虽然他说，每当想到生存是偶然的，就会有恶心的感觉，为此，他专门写了本小说，取名为《呕吐》（又译《恶心》），就是对这种感觉的详细描摹。既然人生只是像幽灵岛一样偶然地出现在汪洋大海之上，完全无缘无故，过了一段时间，又在海中沉没，消失得无影无踪，那么，怎么可能有任何意义附在生命之上呢？对于这个残酷的事实，萨特勇敢地承受，勇敢地把它说了出来，影响了整整一代人的人生观，也包括随后的世世代代的人。

福柯的思考是彻底的。他当然也是无神论者。继尼采说出"上帝已死"之后，福柯的思考使他说出了"人已死"这样同等分量的令世人震惊的话语。他的意思是我们过去以为先赋的主体，其实不过是社会和文化的建构而已，因此并不存在什么原本意义上的"人"，一个存在着固有本质的人。人不过就像沙滩上的一幅画，不断被海浪改写、淹没，很快就变得无影无踪。如果说尼采思考"上帝已死"的时候，需要极大的勇气和智慧，福柯思考"人已死"的时候，也是如此。如此地彻底，如此地决绝。

在所有的哲学中，我厌恶晦涩繁复的论争，偏爱这种直面真相的彻底思考。

生命之偶然

隐约记得存在主义有个说法（大意）：每当想到生命之偶然，就感到恶心，想呕吐。

小时候不明白，生命偶然就偶然吧，为什么会觉得恶心，想呕吐？现在想来有这样几个理由。

承认生命的偶然就等于承认没有神，宗教只是假说。人的生命就像普通的动物、植物甚至无机物的存在那么偶然，根本就没有目的、没有意义、没有必然性。飞机失事就最能昭示生命之偶然以及所有神灵的不存在。如果一切是必然的，就无法解释为什么是这些生命而非其他生命以这种方式结束；如果有神灵，就无法解释为什么神不挽救这些无辜的生命。

承认生命的偶然就等于承认它没有任何意义。过去各类宗教为生命提供的各种意义全都破产了。比如认为人死后有灵，有来世，有天堂，有地狱。这些假说不但为生命提供意义，而且提供行为规范：不可以做坏事，做了坏事会有来自上天的惩罚。如果说生命只是偶然的存在，那么意义和行为规范只能由世俗的伦理道德来提供。中国文化在这方面是最杰出的：它用祖先崇拜和生殖繁衍这些世俗行为提供生命意义，用世俗规则来规范人的行为。缺点就在于，做坏事的人只有被抓到手才知道收手，一点儿没有内心的约束。

生命是脆弱的。与浩瀚的宇宙相比，它是那么渺小，像一粒微尘；与乍看上去无限的（其实还是有限的）时空相比，它像一只朝生暮死的蜉蝣。

宇宙的荒芜是一个千真万确的事实，惨不忍睹。人们常常用美丽的幻影美化它，比如说星空看上去很美好很迷人，其实都是人的一厢情愿，宇宙并不领情。用不着去美化事实，它是什么样子就说它是什么样子好了，美化与否，于事无补。

生命之脆弱也是一个千真万确的事实，有时显得惨不忍睹。人们更爱用美丽的想象来美化生命，比如说生命很壮丽很辉煌，其实也是人的一厢情愿。古往今来亿万生命都已逝去了，并没有回来，也没留下什么痕迹。即使那些名垂青史的生命也成了史书上的一个个符号，是在世界这块大石头上的一道道浅浅的刻痕。因此，也用不着去美化生命，应当照它的原样来看待它。美化，也是于事无补的。

知道生命只是偶然之后，第一感觉就是无奈。人出生前和死亡后都不存在，那么人所拥有的就只有这几十年的时间。但是，也用不着像萨特那样因此就觉得恶心，这是一种太过强烈的不满和对生命的否定态度。应当在把生命的偶然性想透之后，在把生命之无意义想透之后，故意用一种快乐的肯定的态度来对付这种偶然性，肯定生命，珍爱生命，快乐地度过有生之年的每一天，把快乐的最大化和痛苦的最小化作为存在的目标。老老实实地活着，认认真真地活着，快快乐乐地活着，几十年之后就静静地消失在浩瀚的宇宙之中，消失得无影无踪。这就是所有人的宿命。不这样，还能怎样？

注视生命的流逝

有一天，我数了数房间里的日历，一共有四个：一个12个月365天都印在一张32开纸上的单篇年历；一个每月一翻的台历；一个在显示日期的同时显示时间、温度的电子日历（夜里醒来可以看看几点了，离天亮还有多久）；还有一个老式的每天撕掉一页的日历，每页下方都有一个小知识，甚至有涨潮落潮的时间，因为是在一个滨海城市买的。

我的眼睛每天都有意无意地无数次扫过这些日历，仿佛在注视着生命的流逝。对于时间流逝最具象征意义的是每天清晨打开电脑时顺手撕下那个老式日历上的一页，那是昨天的那一页。那就是已经无情流逝的时间，那就是我生命中已经永远过去不再回头的一天。我就是这样一天一天地老去，一天一天地走向终点。

古人说，寿则辱。年长后，生命质量降低，丧失获得某些快乐的资格，更不必说生活无法自理之后的折辱感。一句话既然能够广泛流传，并且打败时间一直在流传，证明它必定有真理的成分，是一种对普遍的社会经验的总结。

然而，人还是可以设法过一种高质量的精神生活，可以把生之尊严保持到最后的。这并非不可做到的事。许多聪明人就是这样做的。

此外，高龄并非只有负面价值，也可以有正面价值。例如，只有到了高龄，才能过一种真正脱俗的生活，即不是为谋生而不得不过的世俗生活。可以超然物外，仅仅过一种纯粹的精神生活。

人们愿意沉溺在黏稠的人际关系当中，因为它们接近自己的体温，可以使人避开存在的寒冷感觉。但是，赤裸裸的存在才是人更应经历的，虽然感觉是寒冷的。杜拉斯的一个小说人物，在高龄之后，故意躲开亲友，到一个遥远的地方去死，她说，让亲友在某一天突然收到她逝世的电报，那才是最惬意的死法。

归根结底，存在是孤独的。就让它赤裸裸地呈现，也不是一件太难接受的事情。无论我们是注视还是看也不看，时间一视同仁地流逝；无论我们关注还是想也不想，生命照旧绝尘而去,绝不回头。我宁愿每天每时每刻都注视着时间,关注着生命,让它过得清醒、愉悦、沉静,充满生的意识,并静静聆听死亡逼近的脚步声。

论生存危机

生存危机有两类，一类是肉体上的，另一类是精神上的。肉体上的危机大多只发生在难以获得温饱安全这些基本需求的人群中间，比如非洲的灾民和中东的战乱国家，人随时面临死亡的危险。在生存条件有了保障的人们中间，肉体上的舒适已经不成问题，但还是会发生精神上的生存危机。

精神上的生存危机主要表现为，发现人生归根结底并无意义，结果就不想再做任何事情。这种想法在物质生存还成问题的人们中间，轻易不会发生，因为为了肉体的存活，他们的全部注意力和精力已经被占满了，无暇顾及其他。但是当物质生存不成问题之时，这个问题就凸显出来，于是，精神上的生存危机就出现了。

最近几十年间,人类终于弄清了宇宙的真实状况,所有的宗教信仰顿失依据。信仰是过去为人们提供生存意义的,无论是为了追随上帝,为了成佛,为了上天堂,为了轮回转世,都起到了为人提供生存意义的功能。当宗教的迷误依据昭然若揭之后,人生并无意义的残酷事实便呈现在人们眼前。

怎么办?

人生虽然从宏观宇宙的角度看完全无足轻重,但是对于人自身和周围的人来说,也就是从微观角度说,还是有意义的,那就是让自身和周围人群(基督教用语为"邻人")拥有一个美好的人生,其实也就是短短的几十年时间,但是它对于人自身绝对有意义,不仅有意义,还弥足珍贵。

用拥有美好人生这一标准来衡量,做自己喜欢做的事情并在做的过程中收获快乐,就是高质量的人生,无论结果如何,只要享受了过程,也就不枉一生了。最大的危机发生在不知道什么事是自己喜欢做的,或者知道却没有能力去做,或者曾经能做后来不能再做时。比如有一个人喜欢写小说,但是他没有写作的天赋,或者曾经有过写作的冲动,后来却不再有这种冲动,此时,精神上的生存危机就发生了。

在发生此类精神危机时该如何应对?我能想到的就是去

寻找自己想做的而又有能力有冲动去做的事情。找到了，生存危机就解除了；找不到，生存危机会继续发酵，最终把人毁掉。

生命是在宇宙间一次无目的的行走

今天早上醒来,我脑海中浮现出一个句子:无目的地活着。

接到嫂子电话,长期卧床的哥哥去世了,他 60 岁第一次中风,恢复得不错,可以走路说话,但是 75 岁时二次中风后就没有恢复意识,终于撒手人寰。他走得很安详。"悄悄的我走了,正如我悄悄的来,我挥一挥衣袖,不带走一片云彩。"他的来和走发生在 75 年之间。看上去是漫长的一生,但到真正逝去时,感觉像是一瞬。我也许能活得长一些,80 年,90 年,即使是 100 年,从宇宙的宏观视角看,也不过是一瞬而已。

我每天吃三种药,将血糖、血压、血脂控制在正常范围内，疫情期间又加上每天早晚用棉签蘸盐水清鼻孔，出门回家用盐水漱口。用这样严谨的措施保护的生命用来做什么呢？追根究底只是在大地上无目的的一次行走。

英国布克奖得主伊恩·麦克尤恩在《阿姆斯特丹》中写道："充满了激情的奋斗，又是为了什么？金钱。荣誉。不朽。为了否认我们生下来纯属偶然，是抵挡对死亡的恐惧的一种方式。"我们到底应当选择有目的的生活还是无目的的生活呢？

我的想法是：在宏观上选择无目的，在微观上选择有目的。要清醒地认识到，生命从宏观角度看是无目的的，不可能有，不应该有，所以也不必有。但是在微观上，可以自行设立一些大小不一的目标：小到把空腹血糖降到7或者6；大到写一篇小说，画一张画，拍一部电影，为社会、为人民做一件有意义的事。这样的目标的设立是为了使自己的生活变得充盈、愉悦、丰富多彩，也就是从微观上看，是一种有目的的生活，尽管从宏观上看，每一个生命在宇宙间只不过是经历了偶然的一瞬的无目的的行走。

2
CHAPTER
花开有时

人生是如此短暂，

恰如美丽花朵，

从含苞待放，

到迎风怒放，

到枯萎凋谢，

只是一瞬而已。

追思与感悟

最近几位熟人相继辞世，先是老友邓正来，后是副院长陈佳贵、老所长陆学艺，还有父母的同事安岗。邓不到60岁，陈70岁，陆80岁，安95岁。这些人都是精英才俊，人中之龙，有过精彩的人生。

陈院长是我远郊寓所的邻居，每天散步都会路过他家，去年此时还给他送过几颗家中杏树结的杏子，请他品尝。今年春天回到郊区的家，一冬天不见，他家一直大门紧锁，没有人影。为什么春天都快过去了，还没有人过来住？我心中疑惑，一打听才得知他已去世。那天散步路过，终于看到他家开了门，看到他的儿子在院里浇花。他儿子跟他长得很像，矮矮的个子，圆圆的脸。他低着头默默浇花的身影透出一种淡淡的哀痛和落寞，令人不胜唏嘘。

人生无常，今天是他，明天也许就是我。生命就是如此脆弱的一个东西，说来就来，说走就走，谁也无可奈何。所以古人说："人生得意须尽欢，莫使金樽空对月。"所以古人说："人生在世不称意，明朝散发弄扁舟。"这些诗句能够千古传唱，绝非偶然，因为它引起所有人的共鸣，可以浇胸中块垒。

人生有得意时，有失意时。得意时，当尽情欢乐，使生活中充满激情与快乐；失意时，当须臾解脱，使生活重新充满超脱与愉悦。所有的焦虑和忧郁都是对生命的浪费，是最对不起自己的。

人生苦短，应当以秒为分，以时当日，斤斤计较，好好珍惜。应当做自己最想做的事，尽情享受可贵的有生之年，尽情地欢乐，尽情地爱，不要到离世之前才感到意犹未尽，虚度了光阴。

花开花落

17年前的今天,永失我爱。念及小波音容笑貌,不禁潸然泪下。想起他死前的那两声呼唤,其中含有多少惊慌痛苦,真是痛彻心扉。

小波的早逝令人痛感生命的短暂。这是一个真切而残酷的事实,没有力量能够改变,只能默默承受。生者的几十年时间在宇宙中也不过是一瞬而已,所有的生命也不过是一瞬而已。

虽然人的肉身永远不可能飞离地面,但是灵魂却可以偶尔飞离,腾空而起,俯瞰人间世。

当俯瞰人间时,由于有了距离,所有的尘世事物变小,变轻。无论在地面上多么沉重的事情,似乎都变得可以承受了，可以容忍了，可以让它过去了。

人间有太多的痛苦、太多的烦恼，如果不偶尔取俯瞰的角度，如何可以承受？生老病死，生离死别，今天这个走了，明天那个走了，而且是永远地逝去，再也不会回来。即使是寿终正寝，也令人无法释怀，更不要说猝死。昨天还活泼泼的，今天就香消玉殒，驾鹤西去，怎能不令人扼腕叹息、痛心疾首？只有俯瞰，才能使心情复归平静，才能有继续活下去的力量。

当俯瞰人间时，能够变得超脱一些。俯瞰人间世，人们汲汲于名与利，像没头苍蝇一样忙忙乱乱，嘤嘤嗡嗡，大惊小怪，搥胸顿足，今天涌到东，明天涌到西，最后不知所终。当俯瞰这一切时，人会深切感到：为什么要这样？不如静静地待一会儿，看生命转瞬即逝。所有的忙乱都无足轻重，所有的得失都不值一哂。

在小波忌日默想：生命如花开花落。人生是如此短暂，恰如美丽花朵，从含苞待放，到迎风怒放，到枯萎凋谢，只是一瞬而已。

黛玉葬花时在想什么？是否想到生命如落花，转瞬即逝？

"感时花溅泪，恨别鸟惊心。"也许写的是一般的时事和暂别，但是也可理解为时间和永别。时间和生命无情流逝,转眼就是百年永别之际。

时间如白驹过隙,人的生命又何尝不是如此?

"高堂明镜悲白发,朝如青丝暮成雪。"人生如蜉蝣,朝生暮死而已。

生命是如此短暂,如此残酷,但是它又是如此美丽,所以人们总是把生命比作花朵。自然界的花朵尽管美丽,却只是自生自灭,无知无觉;而人的生命的美丽却是完全自觉的,因为人有感官和智慧,能够从微观角度关注自身,从宏观角度关注人类。人可以看到生命的美丽、个体生命的美丽和人类作为一个整体的生命的美丽。

既然生命是如此短暂,如此美丽,让我们珍视它的每时每刻、每分每秒,即使短暂地停留,也当是诗意地栖居,让自己的生命充满美丽和诗意。

让灵魂偶尔飞离地面吧,俯瞰人间世。

对于终极问题的追问

对于终极问题的追问到底有无必要呢？所谓终极问题，就是生命意义的问题，正如加缪所言：死的问题是唯一重要的哲学问题。人既然最终会死去，那么为何而生就成了一个大问题——唯一重要的问题。

世界上大多数人可以做到对终极问题终生不追问。他们出生、长大、衰老、死去，所思所想所做全都是环境使然，上学、就业、结婚、生子，该做什么做什么，不该做什么不做什么。只想眼前的事情，从不想生命意义这类终极问题。生亦安然，死亦安然，既不特别兴奋，也不特别悲伤，懵懵懂懂地度过一生。也正因为其懵懂，而显得宁静和安然。

有少数人会在有生之年偶尔追问终极问题。但是因为关于生命意义的问题是没有答案的，或者如果一个人的心够坚硬，一个人的脑够清醒，就可以明白生命最终的无意义，宇宙的空旷和荒芜是唯一的真实，所以这些人的追问必定带来痛苦的感觉。这是那种从不追问的人感觉不到的痛苦。这些人每当战战兢兢地去追问，就会陷入这无尽的痛苦之中，内心会受到宇宙和人生的空旷与荒芜的折磨，难得安宁。

有极少数人会在有生之年不断追问这个终极问题，有人追问频率相当高，隔个几年就会想，或者每年过生日的时候会想，或者每个月都想，最极端的人几乎每天都想。这样的人容易陷入精神崩溃的境地。荣格就说过这个意思：生命意义这个问题不能常常想，常常想会得精神病。我想原因就在于这个问题的答案太痛苦，人的精神如果常常受到这样的痛苦折磨，当然会承受不住。唯一的好处是，与前两种人相比，这种人活得更清醒，更经常地意识到自身的存在。

我属于第三种人。会常常追问终极问题。大概因为总是在痛苦中磨炼，所以竟未崩溃，神经反而被折磨得强健起来，就像长了茧子的皮肤，对疼痛有了点儿抵御能力。再想这个问题时就可以不那么战战兢兢、不那么痛苦了。在把这个终极问题彻底想透之后，倒也不是完全不可能获得内心的平静，那是一种无可奈何的平静，一种苦中作乐的平静。既然生命如此渺小而无意义，就像朝生暮死的蜉蝣，那么可以简简单单找些快乐的事情做一做,然后长眠不醒,从宇宙中消失。但愿能够像维特根斯坦那样,在临终时说一句:"告诉他们,我度过了美好的一生。"人生的终极问题想透之后,恐怕也只能如此了。

我们生存的世界

有时，人会突然感到，周围人的话语混成一片无意义的嘤嘤嗡嗡，他们在说，他们说了，其实只是一片无意义的声响而已，无法辨别出其中的含义。周围人所做的事情混成一片无意义的来来去去，他们在做，他们做了，其实只是一些无意义的忙碌而已。人就是这样在世间嘤嘤嗡嗡来来去去几十年，然后就永远地安静了，不说，不动，消失。

生命是短暂的，残酷的，就像一条小虫，在徒劳地蠕动之后，最终不再蠕动，无声无息地离去，所有的喜怒哀乐随之烟消云散，不知所终。真的不明白为什么还会有战争，有斗争，有竞争，使得本来已经十分短暂的生命变得更短，使得本来已经十分残酷的生命变得更残酷。争到了，能怎样？争不到，又能怎样？时光还是一分一秒地过去，生命还是不舍昼夜地耗尽，最终所有的人殊途同归。

在这个世界上，每个人只是占据一个小小的角落活动一阵而已，只是一点点空间、一点点时间而已，所以何不安安静静地、平平淡淡地、高高兴兴地生活一段时间，然后就走向永恒的虚空？

世上的人分为三个群体：一群人过着忙碌的生活，一群人过着空虚的生活，还有一群人过着充实的生活。

第一群人整日忙忙碌碌，干活谋生，吃喝拉撒睡，从来无暇顾及思考，也不习惯于思考，基本上不过精神生活，生活的重心全在物质生活上面。这种生活只能说是忙碌的生活，并不能算是充实的生活。

第二群人看清人生的无意义，遂醉生梦死，随波逐流，生活中痛苦的时候多，快乐的时候少，混吃等死，如行尸走肉。这是一种虽然脑子清楚却自我戕害的生活方式。

第三群人既不像第一群人那样从来不想人生意义一类的事情，也不像第二群人那样想明白之后就变得完全悲观绝望，而是以无神论者的勇气（真正的无神论者是无所畏惧的）直面惨淡的人生和荒芜的宇宙，兴致勃勃地度过自己的几十年时间，将自己有限的生命投入无限的欢欣之中，让美与爱占据他的每一年，每一天，每一小时，每一分钟。

希望能够过上这样充实的生活。

时间的痕迹

时间是一位雕刻大师，它在人的脸上雕刻，它在动物的身上雕刻，它在植物的身上雕刻，它甚至在石头上雕刻。最能让人感受到时间痕迹的，是看一个熟悉的演员，他过去的样子，他现在的样子。那天看到伍迪·艾伦的一部新片，照例是自编自导自演，照例是诙谐幽默智慧，可他已经白发苍苍，垂垂老矣，令人不胜唏嘘，深切感受到时间的雕刻刀是多么残忍无情。

看一只小动物从憨态可掬的童年，到成熟壮硕的中年，再到衰弱凋敝的老年，也同样惊心动魄，尤其是那种出生时跟成年期身量相差很大的动物，比如熊猫。出生时不及尺把长，后来很快长成那么一个庞然大物，使人从中感受到时间的匆匆。

看一棵柳树从细瘦稚嫩的样子，长成亭亭玉立的幼树；再逐渐变得粗壮，满头的柳枝迎风摇摆，袅娜多姿；再到身体出现空洞，摇摇欲坠，也令人有一种沧桑感。看颐和园西堤上那十几棵慈禧太后时的老柳，它们已经有一百多岁了，想象当初风姿绰约、志得意满的慈禧曾经抚摸过它们的树干、枝条，而今慈禧早已作古百年，它们也都垂垂老矣，它们用自己的老态提示着时间的无情，昭示着世事的变迁。

看海边被海浪经过亿万年冲刷而成的鹅卵石，看着它的圆润，想象它原本的尖利，感受到时间的推移，海浪日复一日地冲刷，那不急不缓的韧性，那不眠不休的耐心，从中感到一种无奈。想一想它从一块尖利的山石变成如今的模样，已经有多少代的人来了又去了，消失得无影无踪，望着手中的这颗鹅卵石，它的形状难道不就是时间本身的模样？

对于人的生命来说，时间是我们唯一拥有的，而它却是如此无情无义，无论我们对它有多么眷恋，它还是来去匆匆，渐行渐远，最终绝情而去，不再回头。

意义

人类一直在寻找意义。西方人从上帝那里寻找意义,中国人从传宗接代寻找意义。然而,对宇宙实际状况的最终了解,使得这些努力最终铩羽而归,无功而返。对于浩瀚的宇宙和无数兀自旋转的星球来说,渺小的人类的存在能有什么意义呢?它只是瞬间的存在而已,很快(50亿年)就会消失得无影无踪。

因此,对于一个活生生的人来说,对意义的追问变得苦涩。

从单个生命的角度看,没有意义的生存是无法容忍的,如果人只是行尸走肉,那还有什么必要存在?

令人宽慰的是,从微观角度看,一个人的生活对于他自身和对于周边的人还是有意义的。

对于自身来说，这几十年的生命是珍贵的，意义重大的，因为除此之外，人什么也没有，在生命逝去之后，这个人就完全终止了，并且全无踪影。一个人的生命基调是快乐的，还是痛苦的，对于他自身来说当然意义重大；一个人的肉体是健康的、舒适的，还是病痛的、难忍的，对于他自身来说意义重大；一个人的灵魂是充实的、生气勃勃的，还是空虚的、无精打采的，对于他自身来说，也是很有意义的。

对于周边人群，人的生命也是有意义的。如果你是父母，你对子女有意义，你养育他们；如果你是朋友，你对朋友有意义，你为他们带来快乐；如果你是情人，你对情人有意义，你为他们带来爱情；如果你是一个劳动者，你对被服务的人有意义；如果你是一个英雄，你对被拯救的人有意义。多数人的意义仅限于周边的几十人，比较伟大的人的意义会影响较多的人，最伟大的人的意义是为更广大的人造福。

越伟大的人，被人们记忆的时间越长。一般人只被亲友后代铭记，伟大的人被历史铭记。耶稣已经被铭记了约两千年，还将继续被人类铭记；莎士比亚已经被铭记了几百年，还将继续被人类铭记；爱因斯坦已经被铭记了几十年，也将继续被人类铭记。

紧张与焦虑

读保罗·哈丁的《修补匠》，普利策奖获奖作品。小说写的是三代人的生活：传教士、零售贩、修表匠。写了濒死的感觉。

主人公临死时的感觉是这样的："人也是一样，在尘土覆盖的地球表面表现得紧张焦虑，心绪不安，对于这个世界以及这个宇宙要达到的目标一无所知，除了这样的事实，只有一个目的，就是上帝指定的也只有他才了解的那个目的，而且，这个目的是好的，是可怕的，是无法形容的，只有理性的信仰才能抚慰我们宏伟、堕落的世界上的那极度的痛苦和悲伤。"

其实，哪里有上帝呢？没有上帝也就没有它的目的。因此，人只是徒自忧伤而已，对于这个世界、这个宇宙的目标还是一无所知。因为最有可能的是，这个世界完全没有目标，这个宇宙更是完全没有目标。退一步说，人类可以有个目标，那就是活得好些，质量高些，而世界和宇宙肯定是完全没有目标的。

既然没有目标，也就是说，没有非去不可的地方，那还紧张焦虑什么呢？就像《笑林广记》里面那个在雨中踱步的人，别人催他，下雨了，还不快跑？他说："跑什么，前面不是也在下雨吗？"人是一种过于紧张焦虑的动物，所以，我们会喜欢小动物，它们总是那么不慌不忙，不急不躁。我们尤其喜欢它们睡着的样子，觉得可爱得不得了，恐怕也是因为那样子正好是我们心境的反面，那种不慌不忙、从容慵懒正是我们求之不得的。

我们为什么要如此紧张焦虑呢？我们并没有什么地方要去，即使有地方要去，也完全可以从容不迫地缓步走去，而不必步履匆匆，不必忧心忡忡。不是吗？

占有还是存在

占有还是存在,这是一位哲学家提出的命题。在这个世界上,有太多的人一心想多占有东西,占了还想占,多多益善。在把注意力全都集中到那些被占有物的同时,他们却忽视了自身存在的价值。

人生在世,有占有一些东西的刚性需求,所以从原始社会后期开始,全世界所有的社会中都产生了私有制,占有东西的欲望是在人类刚刚满足了生存的需求,有了一点剩余物资的时候就滋生了,在随后的千百年当中愈演愈烈,成为几乎所有文明社会中的基本制度。存在即合理,私有制有它的功能,它满足人们衣食住行的基本需求,保证生活的安全舒适。

那么，问题出在哪里呢？一是出在贪婪，二是出在忘记存在本身。

由于所有社会都有贫富分化，虽然有些社会贫富差距小些（基尼系数在 0.2 以下），有些社会贫富差距大些（基尼系数高于 0.2，甚至达到 0.4 的社会动乱警戒线），但是都会有些贫富差异。富裕的人产生优越感，贫穷的人产生窘迫感；富裕的人似乎生命更值钱，贫困的人似乎生命价值都低了似的。这种鲜明的对比是对人的强烈刺激，使富人感受到志得意满，使穷人感受到失败、失落。在人们殚精竭虑地挣钱和期望拥有更多的时候，贪婪就成了一种普遍的社会心理。贪婪的最典型表现就是炫耀性消费——消费已经超出了原来仅仅满足需求的功能，成为一种社会地位的炫耀。这种贪婪的结果是社会资源大量浪费和社会风气的败坏。

当人一味追求在生活中的占有时，他会忘记了自身存在的价值。人过于专注于这些身外之物，权力、金钱、名望，有了少，还要多，有了这样，还要那样。在追逐这些东西的过程中，人淡忘了自身存在的价值，把手段当成目的，自己是为这些身外之物活着，而不是为自己活着的。这就错了。因为无论你占有了多少东西，最终的结局还是离世而去，所有的占有物都无法带走，也无法享用了。"人之将死，其言也善"，就是到死亡临近时，人才猛然想到自己的存在，才后悔没有早早多想想这个问题，甚至在几十年的生命中根本都没有意识到这个问题。这样的人会有太多的后悔，悔不当初。

维特根斯坦是一个最典型的重存在轻占有的人，他把继承来的巨额财产捐掉，自己潜心研究哲学、写书，在认为哲学已经没有什么好研究的时候，就去乡村小学当了一名教师。所以，他才能够在临死时留下这样的遗言："告诉他们，我度过了美好的一生。"他的一生之所以美好，并不是因为他占有了很多，而是因为他是一个时时关注自己的存在的人。

你知道你多有名吗

三八节那天，去参加一个小型的讲演会，一个负责接我到会场的"90后"小女孩笑眯眯地问我："李老师，你知道你现在多有名吗？"我说："不知道。"其实我心里还是知道一点儿的，只是不愿承认。

不愿承认有几个原因。

首先，我对自己的出名一直有些纳闷。如果说是因为我所做的研究，我的研究倒确实做得中规中矩，是严格按照在美国留学六年的基本训练做的。记得刚回国时，我在北大社会学系当老师，带着学生去保定做一个入户调查项目。别的老师大都止于研究设计、督促和检查，我却跟学生一起敲门入户访谈，因为心里对做的事有虔诚感、敬业感，甚至有一点点神圣感。几十年做下来，著作等身，但那毕竟是学院派的专业工作，该不着出名的——虽然我已得到中国社会科学院最高专业职称（二级研究员，没有一级），专业上比我做得好的人不少，出名的不该是我。

如果说是因为我研究的领域比较吸引公众关注，那倒是一个可能的原因。我的研究领域其实是三个——家庭、性别和性，但是公众并不关注前两个，只关心第三个。原因是在性的领域，社会禁忌颇为严重，基本属于研究禁区和死角，突然间有人对此做了研究，每说一句话都使社会的神经备受刺激。

如果说是因为王小波，那应当也是部分原因。王小波只有一个，偏偏又是我的丈夫。喜欢王小波的人，男的会出于好奇顺带看看他老婆是什么人；女的则想取而代之，心中打翻醋瓶。而且我和小波的关系有点儿特殊，我们当初的爱情故事有点儿像男人版的灰姑娘童话，不是英雄救美，而是美救英雄。也许正因为这样，我们的爱情故事更有看头也说不定。

其次，我希望对名望这件事保持冷静看法。名望的好处是有一些话语权，说话有人能听到，总比没人听到要好些；说话有人响应，总比没人响应要好些。除此之外，有了名望稿费也高些。但是，名望这东西是柄双刃剑，有利也有弊。

它的弊就是容易搞得盛名之下其实难副，做不到实至名归，被人贬，被人骂，有时候被人贬低到自己的实际水平之下，也很不爽。

不能说我没有一点儿虚荣心，但是我知道虚荣心是坏东西，不是好东西。所有的名望，无论多么实至名归，在地球热寂之后都会灰飞烟灭。一切富贵荣华都是过眼云烟。认识不到这一点，就不但容易变成一个虚荣的人，而且会成为小丑，沦为公众的笑柄。

如何看待名利

对于名利，世间很少有人能做到真正超脱。记得小时候接受政治思想教育，总是批判名利思想，自己也总是在检讨自己的名利思想。当时被教诲要树立的正确思想和人生观是为人民服务，毫不利己专门利人。也就是说，生活的目的不应当是自己的名和利，而应当是社会的福祉。长大以后发现，当你还在狠批自己私字一闪念的时候，别人已经捷足先登，纷纷发了大财出了大名。这情形让我想起冯唐的一首诗，大意是你还在规规矩矩排队等小便池的时候，别人已经抢先在大便池那边解决了。

有一天到一位老友家串门，他是一位"文化大革命"中的风云人物，曾经是一个地下文学沙龙的组织者，并且因为写诗犯忌被关进监狱。他后来的人生默默无闻，一生唯一的亮点是"文化大革命"遭遇。有一次，有个小记者就"文化大革命"知青遭遇采访了他，在报上写了篇报道，占了半个版，还登了张他的照片。我去他家时，他看似无意地将那张报纸放在显眼位置，使我能够在无意中看到。那点儿虚荣心昭然若揭。其实，出名真的有那么重要吗？

人想出名除了过去被批判过的自私动机之外，也有一个无可厚非的理由：不愿自己生活得平庸琐碎，希望自己的人生精彩辉煌。名利心重的人，一想到自己将平庸地度过一生，默默无闻，存在过就像没有存在过一样，就不寒而栗，就痛不欲生。出名无望，就陷入极为痛苦纠结的心境，像热锅上的蚂蚁，惶惶不可终日。他的生活因此变成地狱，好像有只小虫子在不停地啃噬着他的心。

我承认，我是个名利心比较重的人（看来小时候的道德教育对我是失败的）。我有时候会在发了一篇博客之后，隔段时间就点开看看，看到几分钟之后阅读人数到了五百，心里就暗暗高兴（想起梁文道说的在香港文学书最多卖五百本）；看到阅读人数到了一万，心里又暗暗高兴（想到梭罗在瓦尔登湖默默写作，却没有人能读到）；数量到了十万就想，还出什么书啊，纸书读者数量能到十万吗？看到有一篇由于被网站推荐的时间长，读者数量达到六七十万时，几乎忘了自己写作时的快乐，心里就剩下对互联网的惊诧和敬畏了。

现在来反思对于名利思想的批判，觉得并不全对，因为名利之心虽然不太高尚，却是人类社会进步、文明发展的一种动力，世界上有多少好东西是人为了名利创造出来的？又有多少仅仅是为社会进步造福他人创造出来的？我估计，前者所占比例要大大超过后者，有俗语为证："人为财死，鸟为食亡""无利不起早"……什么话要是成了俗话，只能说明一件事：人同此心，心同此理。因此，人生在世，求名求利，无可厚非，只要做到不损人利己就可以了，名利之心未必不可以成为一种人生的正能量，所以一味加以批判没有什么道理。

话说回来，人对于名利这些东西要有清醒看法。所谓清醒看法，包括三个要点。

首先，名利之心虽然人人皆有，无可厚非，但是，与为国为民相比，与利他主义相比，与各种更崇高美好的道德理想相比，它毕竟不是什么高尚的东西，比较俗气。

其次，富贵荣华都是过眼云烟，生不带来死不带去。看不透这一点就不能说对世界和人生有了清醒的看法。

最后，出名这件事绝不可刻意追求，越想出名越不容易出名。正所谓有心栽花花不开，无心插柳柳成荫。原因何在？因为一心想出名的人并不真正喜爱自己在做的事，只是把它当作出名的手段。而人生在世要做好任何一件事，必须对它有发自内心的兴趣，要是只把它当作出名的手段就绝对不会做好这件事，因此也就不会出名。

自然的与人为的

世间有许多事不是出于自然的（natural）需要，而是故意做出来的，是人为的（artificial），有点儿"无事忙"的意思。如果人在世间所做的一切事仅仅出于自然的需要，全世界的人的工作量总和恐怕要减去三分之一。一位德国学者说，目前生产满足德国人基本生存的必需品，只需要三分之一的人力资源就可以做到了，其余三分之二的人从幼儿园的年龄就可以退休了。

最典型的自然需求就是温饱的需求，衣食住行这些基本生存必需品的需求。最典型的非自然需求是对奢侈品的需求，社会学家凡勃伦所谓"炫耀性消费"。什么千万元一辆的车啊，百万元一块的手表啊，万元一个的包啊，千元一个的汉堡啊，所有价格远远高于价值的东西。对这些奢侈品的需求都是人为的、非自然的需求。

人生活在世间，满足生存的必需品其实很少一点儿就够了，不过是衣食住行方便舒适一些就好。摄入营养超过需求就会得病，所以人均千元的吃饭标准完全没有必要；衣服蔽体保暖也就可以了，最多加上美观一些，不要太难看，所以一个包包几万元也没什么必要；住得再宽敞，人均一百平方米也到头了，把自己的宅子盖成故宫模样，不但没有必要，而且那想做土皇帝的想法很恶心人；开辆十万元的功能齐全的车也就可以了，不就是代步吗？一定要开价值百万元千万元的车，不仅是炫耀性消费，而且会立即让人质疑社会的贫富分化程度和"有人有钱没处花"这种现象的形成机制，要找到问题症结，想法儿改一改，比如高额累进税，搞好二次分配。

上述事物只属于物质范畴，而在精神范畴中，也可做出自然需求与非自然需求之分。最典型的自然需求是对美的享用——一首好听的歌，一幅好看的画，一部引人入胜的小说，一部催人泪下的电影。最典型的非自然需求是各类繁文缛节，如宗教的仪式（像跪拜），世俗的仪式（像婚礼、葬礼）。

尽管对于自然的需求和人为的需求有褒贬不一的评价，

例如有认为炫耀性消费不好的，也有认为它可以拉动经济发展的，因为能增加来自富人的税收。我还是偏爱自然的事物，厌恶人为的事物。我认识一个有智慧的女人，她厌恶所有的饰品，包括首饰、徽章，就连校徽都不能容忍。我对人为事物的厌恶就是这种感觉。非自然的物质需求造成物质资源的浪费，人类劳务的增加；非自然的精神需求也造成人力资源的浪费，导致人们的厌烦。为什么不能省省呢？

贪婪是一种精神病态，就像先天残疾一样，它是一种后天的残疾；就像肢体残疾一样，它是一种精神的残疾。渴求那些自己并不真正需要的东西，难道不是病态吗？人应当戒除贪欲，追求平静、平和的内心状态。

我们面临着两种社会类型的选择：一种是节约型社会，只满足人们的自然需求，生产量较小，消费量较小，耗费资源较少，人们活得比较淳朴休闲；另一种是奢侈型社会，追求满足大量非自然的人为制造出来的需求，生产量较大，消费量较大，耗费资源较多，人们活得比较劳累、虚荣。我们应当选择哪一种类型，不是显而易见的吗？

一味追求拔尖是幼稚病

由于天生智商比较高，从小就一直拔尖，小学时总是班干部，考试总是第一，中学是班上唯一的少先队大队委员，要不是"文化大革命"打破了这个拔尖的模式，我恐怕还要一直拔尖下去，直到终老。在"文化大革命"改变了我的生活轨迹之后，我有了许多无尖可拔的经历和职业，比如，在美国读书，大家只是修学分、写论文而已，无人可比；再如，回国工作，只是各自搞研究写专著而已，并不竞赛。步入晚年，回顾一生，觉得总想拔尖其实是幼稚病。

竞争选拔制度是中国自古以来的制度，被世界高度评价，因为它可以保证不因出身背景只按智力水平遴选人才。尽管考八股有很多弊病，但是也比只靠世袭和关系选拔人才要强。现代的考试制度也属这一性质，是一种公平选择人才的制度，有人甚至认为高考制度是当今中国唯一真正公平的竞争制度，其他竞争都因为受既存政治资本、经济资本、文化资本的影响而并不真正公平。在这种竞争选拔制度下，每个人从小就形成了追求拔尖的心理，其中确能拔尖的人也不免有点儿自鸣得意，这是很自然的。

但是，一味追求拔尖是幼稚病。它是虚荣心的表现。人的才能是各种各样的，拔尖除了智商较高、做事效率较高之外，并不能说明别的。比如不少智商高的人，情商很低，他们在现实生活中连异性朋友都找不到，就像《生活大爆炸》里的那几个草根。智商不低，但是交友方面一败涂地，生活并不快乐。

此外，在追求拔尖的过程中，人会较少有创造性。因为所谓拔尖，就是在既有的规则和轨道上的赢家，世界上真正伟大的文学家、艺术家、科学家都不一定是在既有规则竞争中的优胜者，成功的企业家和政治家就更不一定。因为凡是要做出真正伟大的事业，必须有原创性，要比所有的过去的成功者都高明。要敢于藐视既有的规则，有更新颖的思路。一味追求在既有轨道上往前跑，就不会有另辟蹊径的念头，就只能得到世俗的成功，也就是比一般人做得好些而已，不会成就真正伟大的、独特的原创的事业和作品。

最后，在追求拔尖的过程中，人会过于入世，把心思过多地放在俗世的目标上，比较少关注精神的修养。归根结底，尘世的一切努力只是过程，不是目的，目的应当在灵魂和精神的层面。如果把世俗的成功当成了目的，人生就会变得异常狭隘，所有的喜怒哀乐也会变得异常局促，精神生活会变得干瘪枯燥，人也会显得缺少灵性，甚至丢掉灵魂（如果此人曾经有过灵魂的话）。

总之，真正成功的人生是灵魂澄澈、精神丰满的人生，从这个意义上说，一个世俗意义上的成功人士完全有可能是行尸走肉，他们徒有睥睨众人的外表，却没有丰满、宁静的内心，没有生存的愉悦和幸福，因此也就算不上拥有一个真正成功的人生。

抵御诱惑

正当我刚刚开始学画之际,朋友聚谈时提到一位诗人的近况,她前些时候突发奇想,开始画画,不到一年时间,已经办了画展,画也卖了大钱。朋友说,你也可以呀,你也是名人嘛。

心中感觉到诱惑,但是隐隐觉得不妥:本来学画是为了修身养性,享受生活的美与静,这样一来,又掉到混浊的尘世中去了,钱呀,名呀,又是这一套,还是老一套。这样想,这样做,美在哪里?静在哪里?必定会逃得无影无踪。

如果搞艺术,就不能存钻营之心。心中要纯净得像清澈见底的小溪,除了对美的追求,心无旁骛。

如果搞艺术,就不能存侥幸之心。总想着卖钱,待价而沽，搞不好就像那"一个鸡蛋的家当"，还没开手就打碎鸡蛋，结果只是做一场黄粱梦；即使搞出点儿名堂，也并未真正享受到过程，收获的只是焦虑和贪婪，没有美好。

如果搞艺术，就不能存世俗之心。对美的追寻，就是对超凡脱俗的追求，如果不能抵御世俗诱惑，超凡脱俗，就不会追求到真正的美，也不会在追求的过程中有美好宁静的心情。

如果画画时总想着卖钱，就会去迎合世俗的喜好，而不会纯净地追求自由的表达，没有了自由的表达，就不会有独特之处，也不会做出自由奔放、只忠于自己内心感觉的作品。

所以，我要抵御所有的诱惑，纯纯地、心地干净地去追求美，浸淫在纯粹地对美的追求和享受的过程之中。不关注结果，只关注过程。把追求美的过程当作目的而不是手段。

修行中遇到的最大问题就是各种各样的世俗诱惑。人要想让自己的心境真正进入静修状态，须拒斥这些诱惑。

诱惑首先来自利。人为财死，鸟为食亡，人小时候有家人呵护，长大就要自立，自己养活自己。人要挣钱养活自己是天经地义，问题是挣多少钱就可以打住了？我想应当是够花销就行了。不应当无止境地挣钱挣到死。到 60 岁就可以停下来了，把挣来的钱花一花，不然只挣不花，到死时钱都给别人留下来，白白便宜了他们，而且败坏了自己的生活，使自己的一生成为辛劳、无趣的一生。

诱惑其次来自名。人不愿默默无闻，喜欢有人知道自己的存在。但是名声并不是越大越好。一般来说，被许多人知道尤其是喜欢，感觉是好的。但是有时这种知名度也会打扰人的生活，比如在网上被人冒名写文章，被人传谣言，被人谩骂泄愤。所以名望是一柄双刃剑，它使人快乐，也使人受扰，心里不安宁。如果要想保持心灵的宁静，一定要练就对名望不过于焦虑的心态。

大千世界，诱惑多多。归根结底，诱惑还是来自内心的欲望，包括食欲、性欲以及对各种身外之物的占有欲望。只有遏制自己的欲望，才能得到内心的宁静。欲望不除，人无宁日。所以，修行的一个目标就是摈除欲望，回归内心。守着自己的所有之物，不期望自己所无之物，随遇而安。

随遇而安有两层含义，一是外部境遇，一是内部禀赋。无论是贫富贵贱，安于所有外部的境况，不强求自己得不到的东西；无论是智愚妍媸，安于自己身心的境况，不强求自己成为不能成为的人。只有这样，才能真正得到内心的宁静。这种想法乍听相当消极无为，但非如此，内心永难安宁。

什么是哲学

中国古谚云:"人无远虑,必有近忧。"意在鼓励人多往远处想事,不要斤斤计较眼前之事。推而广之,我想说:人无大虑,必有小忧。如果人心中所思尽是大事,他会比较快乐,比较超脱,比较伟大;如果人心中所思尽皆小事,他会比较痛苦,比较俗气,比较卑微。

我认识一位很杰出的女性,她的家庭婚姻生活不快乐,夫妻感情不好,由于智商高情商低,在工作单位也搞不好关系,其能力和价值总是被大大低估。如果她整日沉浸在这些眼前的琐事当中,她会度日如年。但是她的心情常常很好,生活内容也很丰富。原因何在?原来她心中常常关注的总是地球生态、环境保护之类的事情,南京的百年梧桐被毁,她伤心动肝；黄河断流，她痛心疾首。由于她的心思总在这些关系国计民生的大事情上，眼前的痛苦被冲淡，相比之下显得无足轻重。于是，她心态很好，生活也很充实。从她的个案，我联想到，一个人的生活基调是快乐的还是痛苦的，在很大程度上取决于所思所想是大是小，二者完全是正相关关系：想得越大越远就越快乐，想得越小越近就越痛苦。

这也正是哲学尤其是生命哲学的作用，因为与国计民生问题相比，哲学所关注的问题更大更远。有位学者写了本书，叫作《哲学的慰藉》，他认为哲学具有抚慰人心的作用，当人遇到世间的艰难困苦、疑惑时，应当到哲学中去寻找慰藉。

说到哲学，我想起在美国留学时的一件往事。那年过感恩节，我们这些穷留学生手里没钱，却想旅游，就报名参加了一个教徒献爱心的活动——一些虔诚的基督教徒自愿在感恩节时在家中招待陌生人。就这样，我、小波和他哥哥小平三人在佛罗里达州的萨拉索塔，住进了一位教徒的家。记得那是一个很朴实的充满亲情的大家庭。父亲是一位开塔吊的司机，母亲是家庭主妇，有一大堆孩子。过感恩节，每个人都得到一份礼物，就连我们几个也不例外。记得我得到的礼物是一件很厚实的套头衫，上书"Sarasota"，竟然很合身，令我感动，觉得主人真是太朴实、太厚道了。有一天早上吃早饭时，我们聊了起来，男主人是个很朴实、很普通的美国人，身体壮实，面相和善。他挨个问我们在大学学的是什么专业，我说社会学，他没说什么。轮到小波哥哥小平，他说："哲学。"接下来，男主人的一个问题让我们全体陷入目瞪口呆、面面相觑的尴尬境地，他问的是："什么是哲学？"我们万万没有想到，竟会有一个成年人不知道什么是哲学，就像从来没接触过这个词似的。事后细想，许多人的确从来不知道哲学是什么，在他们的日常生活中，也完全不涉及哲学。

然而，对于一个活得清醒自觉的人来说，生活中是不可以没有哲学的。哲学能够为我们提供关于宇宙（物质世界）和人生（精神世界）的思考，帮我们走出心灵困境和眼前的不快，重新获得开朗的心境和快乐平静的人生。

心中的恐慌

每当意义的问题来到心中,就难免一阵恐慌。我渺小的、脆弱的生命面对着宇宙洪荒,茫然不知所措。

当无数硕大无朋的天体无目的地在太空游荡之时,我不知道自己渺小的生命的位置在哪里。作为一个无神论者,我不可能有其他的感觉。人在幻觉之中,可以活得踏实,可以活得快乐,可以活得懵懂,但是只要像抹去包围着自己的一层薄雾那样抹去幻觉,人就会马上变得清醒得可怕,就像一个没对好的光圈突然聚焦,把一切看得清清楚楚,真真切切。一旦真实的状况纤毫毕现,恐慌立即来到心中。

看周围的人,读小说中的人,他们的喜怒哀乐显得痴迷、疯癫。平平静静的时候还好,只要是出现伤心动肝、撕心裂肺的情节，就觉得太夸张、太无谓。至于吗？人本就无足轻重，他的喜怒哀乐也无足轻重。我最不能理解的人就是得抑郁症的人，人生短暂，时光如白驹过隙，可着劲儿享受都享受不了多一会儿，怎么还会有时间抑郁？除非抑郁症真的有生理原因（就像癌症和感冒一样），如果仅仅是有事想不开，我就很难理解这些人。原因在于，只要想想一个人在宇宙中的地位，所有的抑郁都应当烟消云散，心情都应当豁然开朗。我是人，你们也是人，我能这样想，你们为什么不能这样想一想？

看清楚一个人在宇宙中的位置之日，就是了解人生真谛之时。除了快乐和平静地度过自己的这一段时间之外，人还能怎样？人还想怎样？所有的世俗目标都是可以放弃的，因为所有的人，无论是成功人士还是失败人士，最终都是殊途同归，都会死去，都会消失。能够这样看待人生，还有什么过不去的窄门？还有什么克服不了的障碍？还有什么可抑郁的？

能够安抚心中的恐慌的不是宗教信仰，而是用完全冷静清醒的态度来面对宇宙洪荒。虽然在认定了生命的渺小之后还能保持冷静是非常困难的一件事，但是我们没得选择，只能硬着头皮咬紧牙关来承受，苦中作乐，无中生有，用一种自由、快乐和清醒的态度来度过自己短暂而又漫长的一生。

深刻的悲哀

就在最近 50 年间，宇宙的生成、发展和结局才真正被天文学家确知，正好是在我的有生之年。

从人类 300 万年前在地球上出现到 50 年前，没有人确切知道宇宙是什么样的，只是有过很多的假说：佛教的假说（最接近事实真相，所以被杨振宁称为科学的假说），基督教的假说，各种世俗的假说。如今，水落石出，真相大白，所有各式各样的假说不攻自破，烟消云散。科学家告诉我们：宇宙出现（数万亿年前）——恒星时代出现——地球出现（50 亿年前）——人类出现（300 万年前）——人类消失（50 亿年后）——地球消失（50 亿年后）——恒星时代结束（100 亿年后）——宇宙消失（数万亿年后）。所有的神及其传说都是人类的自我安慰，所有的天堂地狱都不过是臆想出来的，其主要功能是劝善和死后的精神寄托。

有一部关于宇宙熵增趋势的科普影片，讲述了在最近几十年间人类才最终真正搞清宇宙的起源、走向和结局。那些简洁而不容置疑的事实就被科学家那么突兀地、赤裸裸地呈现给我们，令人无比震惊。

* 时间箭头：宇宙从有序状态走向无序、衰亡和毁灭。永远的熵增趋势。

* 最近观察到了一颗红矮星，人类之所以能看到它是因为该星球热寂时发出了伽马射线，该星球爆炸发生在130亿年前。换言之，我们是在此事发生的130亿年后看到它的。

* 恒星出现是宇宙发展的转折点。地球形成于50亿年前。人类形成于300万年前。50亿年后太阳消失，地球生物死亡。

*100亿年后，恒星时代结束。恒星渐次演变为红矮星、白矮星、黑矮星（恒星灰烬），原子消失，黑洞消失，时间消失，在几万亿年后，宇宙进入永恒黑暗和空无。

* 人生是宇宙的瞬间光亮。

片中用形象的方式演示了熵增趋势产生的原因：人用水和沙做了一个小小城堡，在风中，沙的城堡渐渐解体，化为无形。因为沙子被风吹走了。如果要阻止熵增趋势，每一粒被吹走的沙子要由另一粒沙子在同一位置补上，而只要没有人为干预，这是不可能的事，因此熵增趋势是绝对的。

过去，人们对宇宙的起源、走向和结局只是猜测，如各类科学的假说，佛教的假说（见杨振宁《佛教是科学》）。当科学研究像铁板钉钉一样把确凿的事实呈现给我们时，它带来的震惊还是振聋发聩的。我们终于知道了：事实原来如此。既没有天堂，也没有地狱，既没有上帝，也没有佛。宇宙出现——恒星时代出现——地球出现——人类出现——人类消失——地球消失——恒星时代结束——宇宙消失。就是这样一个过程，无限熵增的趋势无法改变。地球是如此渺小，人类更加渺小，时间是如此短暂，最终归于空无，时间终止。

由此，任何一个理智健全的人，只能是无神论者。对宇宙的发生、发展和结局稍加了解就只能选择无神论了。最近50年间人类对宇宙的形成和走向的真相认知，就这样轻而易举地击碎了所有的宗教信仰。人类再也不会回到蒙昧状态去了，因为一切已经水落石出、真相大白了。

在确认这一切之后，我们心中不再存侥幸：侥幸有来生，侥幸有佛，侥幸有神，侥幸有意义。我们每个人拥有的一切仅仅是这几十年（幸运者一百年）的时间，它只是宇宙的瞬间光亮（其实它能算上光亮吗）而已。

在这个确凿的事实面前，人所体验到的只剩下深刻的悲哀。既然最终要死，生还有什么意义？既然最终是消失，存在还有什么意义？人生就像蜉蝣，朝生暮死；人生就像花朵，花开花落；人生就像沙粒，被狂风从沙滩吹进了大海。我敏感的灵魂啊，你怎么受得了这样的空无？

3
CHAPTER
相认瞬间的甜蜜

一切自古就有，

一切又将重复，

只有相认的瞬间才让我们感到甜蜜。

论激情

人常常会感觉到生活之平淡，因为无论是否产生过激情，人的生活不可能常常处于激情之中，总是在激情之后归于平淡，或者干脆就是自始至终平平淡淡。

人生中典型的激情来自性的欲望，在 20 岁时，人的性欲达到巅峰期，尤其是男性，从身体中产生一种难以抑制的性欲，需要找到宣泄的渠道，多数人的性欲指向异性，所以会产生男女之间的结合冲动，这一冲动主要表现为肉欲，对对方身体的欲望，男人会喜欢女人的乳房、臀部这类第二性征，当然性欲的最终目标是女性生殖器（第一性征）；女人也会喜欢男人的胡子、肌肉这类第二性征，而性欲的最终指向也是男性生殖器（第一性征）。

人的这一激情状态实属自然，虽然有强弱之分，但是几乎人人会有，不需要特别地培育和修养。这种激情能够强烈到致病或升华的程度，二者是性欲寻求宣泄的不同路径所致：在性欲冲动得不到实现或被强力压制的时候，误入歧途，就会成为心理疾病，弗洛伊德的整套心理分析理论全都建立在对误入歧途的性欲的分析的基础之上；另一种情况下，得不到宣泄的性欲得以升华，在精神领域得到释放，创造出伟大的文学艺术作品，按照弗洛伊德的理论，所有成功的艺术家都是性欲冲动强烈、在原欲受阻的情况下最终得以升华的人。这一分析绝对是褒义，毫无贬义。

相比之下，指向他人的精神上的激情似乎就不那么自然了，这种激情包括爱情和友情，是精神上的交流、宣泄冲动造成的。在性欲少见的情况下，一个人对另一个人产生了精神投契的感觉，这一感觉的来源不像性欲那么明确，而且伴以幻象，即自己幻想中所喜欢的品质和特征。性欲的对象有容貌、身材这类具体的表征，可以看得见摸得着，而精神喜爱的对象却没有此类具体表征可寻，只有由思想、话语和感觉稍稍泄露出来的抽象特征，甚至是可以意会不可言传的。因此从发生概率上来说，爱情和友情一类的激情的发生率比性欲激情的发生率要低很多。

更加罕见的一种激情是创造的激情，它的来源比起精神交往冲动的来源更为神秘莫测，我怀疑它来自生命力的深处，是生命之泉的一种不安的宣泄和喷射冲动。绝大多数人根本与此无缘，终身不知它为何物，也感觉不到这种冲动和激情。它究竟来自哪里？谁才能拥有这种激情？真是无迹可寻。有种人们公认的说法：童年的不愉快造就小说家，或许提供了答案的一条线索。童年的折磨，无论是社会的不公还是生活的困窘，正好碰到一个敏感的孩子，使他感觉到超出常人的痛苦和折磨，就此种下了强烈的欲望和激情的种子，使得他终身不得安宁，如果他偏巧有艺术天赋，就会成为激情澎湃的文学家、画家和音乐家。莫言是一个例子，他儿时困窘的生存环境为他提供了写小说的激情；王小波是另一个例子，童年时期他父亲的落难和世态炎凉也可以部分地解释他写小说的冲动。而此类激情应当是比肉体和精神交往的激情更为罕见的一种激情，是人类精神的瑰宝。

谁可以拥有激情，可以拥有哪一类的激情，可以拥有多么强烈的激情，这在很大程度上都是无法预知和人为培养的，而且激情也并不是越多越好的。没有激情的生活比较平淡但却平静，有激情的生活比较浓烈但却不安。前者会有一个比较寡淡但是波澜不惊的人生，后者会拥有一个比较浓烈但是波澜起伏的人生。说到底，每个人会拥有什么样的人生也许是没得选择的，至少是有很多先赋因素的。如果没有激情,就平静度日;如果拥有激情,就尽情表达,让它自由奔放,酣畅淋漓地宣泄出来。处理得好,二者都可以拥有幸福快乐的人生。

激情之爱的稀少

近读罗素论罗曼蒂克爱情,他说:"罗曼蒂克爱情的精髓在于:视被爱的对象为宝贵知己而自己又难于占有,因为这些障碍,爱生出诗情画意柏拉图式的感情,维持了爱情的美感。高尚纯洁的欢乐只能存在于没有掺杂任何性因素的、专心致志的默祷之中。"这种柏拉图式的爱情,与中世纪浪漫的骑士之爱有异曲同工之妙。当时欧洲贵族家庭实行长子继承制,那些没有继承权的幼子骑着马浪迹天涯。他们来到一个城堡,爱上那些已婚的贵妇,可望而不可即,于是陷入浪漫爱情。如果有了在现实中占有贵妇的可能性,反而会失去这般诗情画意。

罗素又说:"在罗曼蒂克的爱情中,双方都通过一层绚丽的薄雾观察对方，因而想象并不完全真实。"这也是许多人表达过的一致看法，如普鲁斯特等。可是，不真实不是更好吗？只是一种精神的游戏不是更好吗？当事人可以享受爱的所有诗情画意，精神愉悦，而不必让琐碎的现实生活来玷污它，这不是更好吗？人生在世，如若能够享受到这种无与伦比的美好感觉，真是不虚此生了。在一种类似中世纪骑士之爱的当代人生际遇之中，人们之间仍旧能够发生类似的柏拉图式的爱情，其美好与魅力与中世纪浪漫骑士之爱相比，并不逊色。

当爱情发生时，人处于一种诗意盎然的心境之中，心浸泡在美好愉悦的感觉之中。当这爱情得到回应之时，人真的能够感觉到天变得更蓝，草变得更绿，花变得更加明艳起来。这几乎不再是一种心理的感觉，而是生理的感觉。这感觉给人带来的愉悦真是无与伦比。而当这爱情得不到回应时，泪水时时在心中汹涌，像山洪暴发时遇到堤坝，随时都会决口而去。但即使是得不到回应的爱，心中的苦涩与甜蜜也是一半一半的，或者干脆是搅拌在一起的，甜中有苦，苦中有甜。像烈酒，像蜂蜜，像黑咖啡，像浓茶，唯独不像白开水。而在有浓茶烈酒的时候，谁还愿意去喝白开水呢？这就是为什么人们宁愿陷入无望的单恋，忍受相思的折磨，细细品味其中的苦涩与甜蜜，也不愿过平淡无爱的生活，就像飞蛾投火一般。

可惜的是，在这个人世间，真正的激情之爱是那么稀少，它不会轻易发生，因为配得上得到激情之爱的人是那么稀少，他们必须是纯粹的，美好的，是一种充满诗意的存在。而即使是那些配得上激情之爱的人，还要等待那个能对他（她）产生激情的人。这两个人相遇的概率之小，简直相当于海底捞针。这就是激情之爱大多只出现于文学艺术作品中而很少在现实生活中发生的原因之所在。

在这个意义上，我是一个幸运儿。我的一生中经历过数次这样的激情之爱，有的是我爱他，有的是他爱我，有的是我爱他他也爱我。无论是哪一种爱，无论那种爱是否成功，我都经历了那种叫作激情之爱的心境，它们每一次都刻骨铭心，是我心灵史上回味无穷的浓茶烈酒，终身受用。

人在一生中很少有机会能够陷入激情，需要遇到能够引发激情的人，而此人可遇而不可求。一旦遇到，心花怒放。既因为其罕见，也因为这一遭遇为人所带来的快乐。

多数人终生不会有这样的遭遇，有的人为了等待这种遭遇，终身不婚，可竟然也没有等到，郁郁而终。一般所谓"谈恋爱"，并没有真正的激情发生，只不过是肉体的冲动和吸引而已，更不必说婚姻和家庭。所以激情的发生大多数只在文学艺术作品之中，而非现实生活之中。

激情并不一定会有结果，它只问耕耘不问收获，并不会斤斤计较收益，只是享受耕耘的过程，并且乐在其中。天有不测风云，收获可大可小，可有可无，只要享受过程，就可以心满意足了。所以它又是一种自足自在的情愫。所谓自足，是指它不需要对方的回应；所谓自在，是指它自身的圆满。

我愿意遭遇激情，保持激情，终身沉湎于激情之中。自享自足，自得其乐。

激情为什么不可持久

爱情无疑是世界上最宝贵的人类体验。我们现在所理解的浪漫爱情,产生于13世纪,是一种浪漫的骑士之爱。当初,欧洲贵族实行长子继承制,家庭财产和爵位都由长子继承,下面的弟弟们没有财产和爵位可以继承,遂骑马浪迹天涯。走到贵族城堡,仰慕已婚的美丽贵妇,可望而不可即,只好在窗下弹琴唱歌,一诉衷肠。这就是浪漫爱情的源头。进入现代,由于无数文学艺术、好莱坞影片的渲染,"旧时王谢堂前燕,飞入寻常百姓家",爱情在普通人中普及,成为缔结婚约的一个重要原因。

浪漫爱情是一个人对另一个人产生了一种爱恋的激情,这种激情不但在中国的文字记载中极为少见,在古希腊、古罗马也是一样。先贤苏格拉底极少论及，柏拉图所讲的爱情也只指性欲，而且是男人之间的性欲，因为在古希腊，每个少年都会有一位成年男子作为他学业、技艺、格斗的导师兼性伴，成年男子被称为"爱者"，少年被称为"被爱者"。少年成人之后会娶妻生子，中断与导师的关系。而所谓"柏拉图式恋爱"，指的是少年与成人之间的精神恋爱，这一概念的形成是因为柏拉图对于应当更关心被爱者的心灵甚于迷恋他的肉体做了大量论述。

激情像火，柔情似水。火熊熊燃烧，但无法持久；水涓涓流淌，可无限绵延。在一桩有爱的婚姻当中，激情往往只是开局，在婚后的日常生活中，激情转为柔情，爱情变为亲情，因此才能长久绵延，才能不断不绝。如果这个转变没有完成，则往往导致关系中断，婚姻解体，或者因为一方还有激情，另一方已经没有激情；或者因为一方还想要激情，另一方已经不能给予；或者因为一方对第三人产生激情，另一方当然无法接受。有西谚云"婚姻是爱情的坟墓"，就是指的这种情形。

当然，如果激情无意导向婚姻，倒是可以在人生中不断发生，甚至绵延一生，但是，爱情的对象不会是同一个人。我认识一位女诗人，她总是不断地陷入恋爱，她已经结过三次婚，其间还杂以多位情人。她的经验充分证明，不断发生恋爱激情是完全有可能的，但是激情如果不转变为柔情，爱情如果不转变为亲情，二人关系是不会长久的。她的经验还具有一种警示作用：激情是激烈的，亢奋的，费神的，有时会伤人（有攻击性，狂暴），有时会伤己（撕心裂肺，柔肠寸断），有时快乐至极（狂喜），有时痛苦至极（失恋）。对于所有这些甜蜜和痛苦，狂喜和折磨，一个人如果决心投入其中，应当做好充分的精神准备。

激情是人生中最宝贵的

激情是人生中最宝贵的。无论是对事的激情，还是对人的激情，都是极为罕见的；在茫茫人海中，在一个人的漫漫人生中，它都属于凤毛麟角。因此是极其珍贵的。

对事情的激情既有先赋成分，也有后天修养的成分。例如，作家的写作激情就既有先赋成分，其中包括身体条件和心灵状态，也有后天成分，其中包括生长环境和后天摄入的养分。能够有写作激情的人只是万里挑一，这个万里挑一还只是象征的说法，而不是统计意义上的。

对人产生的激情也并不常见。人们平常所见到的嫉妒、寻死觅活，并不一定是真正的激情，只不过是小心眼儿而已。真正的激情虽然有肉欲的基础，但是更多是一种精神现象，是心灵的眷恋，是自由奔放的，是无所忌讳的，超越了所有世俗的规定，比如相貌、年龄、阶级甚至性别，是目空一切的，是所向披靡的。

激情常常是无缘无故的，非理性的。如果仅仅为了功利的目的，那不是激情，只是努力去达到精心策划的目标而已。激情往往发生在最不可思议的状态之中，昏头昏脑，没有理性可言。如果是冷静的，明智的，清醒的，那就不是激情。正因为如此，爱情往往发生在用世俗标准看最不般配的人之间。它就是非理性的典型事例，甚至就是它的定义，二者是可以循环论证的。非理性是爱情的必要条件，当然，还不能说是它的充分条件。

用一般的标准来看，激情是存在的上佳状态；用苛刻的标准来看，它是存在的唯一状态。由于激情的罕见，人在激情状态中，不仅极度愉悦，而且创造力丰沛，徐志摩的诗，大都是在他恋爱时写的。用萨特提出的存在的标准，只有激情状态才是真正存在了，其他情况下，人并未真正存在。萨特的原话是这样说的："在不存在和这种浑身充满快感的存在之间，是没有中立的。如果我们存在，就必须存在到这样的程度。"

要激情还是要平静

在世上要做成一件事,没有激情是不行的,大到江山社稷,中到个人事业和爱情,小到打麻将论输赢,无一例外。没有激情不会得江山,不会事业成功,不会陷入恋爱,不会赢麻将局。所以,越有激情的人越容易成功,越容易有成就;越有激情的人生命越激越,越精彩纷呈,越苦乐交集,越生机勃勃。

然而,所有的宗教修行和世俗修炼都强调要摈弃激情,要向着心情平静的境界努力,最终目标是达到心如止水、波澜不惊,甚至水面泛起一点儿涟漪都算没有修行到家。

人到底应当要激情还是要平静?该如何解决这对矛盾呢?

古罗马智者皇帝奥勒留是贬低激情的，他认为，激情是平静的对立物，如果人总是陷在激情里面，就不可能有平静的心情。他总是在讲古人和身边的熟人一个个最终归于寂灭，所有的激情也是一样的。因此，能够获得宁静是至关重要的。宁静是幸福的基础。

奥勒留的观点是有道理的，是深刻的。凡是想透了生命价值这件事的人都会最终想明白，生命是无意义的，就像大自然中的所有动物、植物、有机物、无机物一样，它的存在仅仅就是存在而已，对于宇宙并无意义。因此，所有的激情都带着一点点可笑的成分，比如说爱得死去活来在当事人看是没有办法的事，在旁人眼中就像歇斯底里。爱是激情中的激情，所以是激情最经典的表现方式。对其他事情和人也会产生激情，但是都比不上陷入爱情。而我们如果跳出来从旁冷静观察一桩爱情，把它放在时间的长河中和浩瀚的宇宙中，就会发觉其中的疯狂之处。它完全是理性的迷失，是一种微醺的醉酒状态。如果恋爱是成功的还好，如果是失败的，它对人是极大的折磨和困扰。因此可以说，激情是人生的困扰，应当在适当的时候放弃激情。

但是，从相反的角度看，激情虽然不是什么好得不得了的东西，常常为我们带来困扰，而且在造物主眼中有点儿可笑，但是，它却是生命力的表现，一个比较强悍的生命会有比较多的激情，一个比较孱弱的生命激情就比较少。当然，不可以说生命力强就一定比生命力弱要好，不是好坏的问题，而仅仅是一个客观事实而已。对于自己的生命力，我的意见是让它充分表达，充分实现。如果你有创造的激情就去写小说，去作曲，去画画，去释放，不必刻意压制；如果你有追求一种关系的激情就去恋爱，去交朋友，也不必刻意压制。所以对待激情应当就像对待自己的生命力，有什么冲动就去做什么，冲动到什么程度就做到什么程度，既不强求，逼着自己去做什么；也不压抑，逼着自己不去做什么。这样的结果就应当是最好的，最合理的。

在我们秉持着内心的激情去生活、去做事的时候，只要不时想一下在做的事情是不是自己发自内心的冲动、能否为自己带来快乐和满足的感觉就可以了。如果答案是否定的，就不去做。而且要预先想到，早晚有一天这种内心的冲动会离去、会消失，到那时候，我们的生命也就即将离去，将走上不归路，将在浩瀚的宇宙中化为无形。在内心的激情自然消失之时，我们也自然到达了人生的最高境界，即平静和安宁的境界。而最终的平静和安宁境界就是涅槃。

生命化境

什么样的生命状态才臻于化境?

我想,生命到达化境之时,至少应当具备两个因素:一是内心平静,没有尚未实现的欲望,即使有,也在可以控制的范围内;二是内心仍有激情,能够有冲动去追求美与真。

人活着,总有各种各样的欲望:肉体的欲望主要是食欲和性欲两种,精神的欲望则包括爱、被爱、出名、追求和享用美。如果细分,则是马斯洛的需求五层次:生理需求、安全需求、归属需求、尊重需求和自我实现。

要想使自己的生命臻于化境,首先要使得这些基本的需求得到满足,使得自己所有的欲望都能够得到起码的解决。即使有些欲望难以实现,也是可控的,能够得到化解的。

一个简单的例子是性欲。人的性欲的满足有太多的条件，比如，要有性伴，这个性伴还要恰好是跟你最合适的，仅仅这一点多数人就得不到。最理想的性伴当然是有爱的，而且在性的取向和方式上跟自己正好吻合。从爱的层面说，很多性伴根本就没有爱，包括传统的婚姻当中，很多人也并没有爱，更不必说性交易的双方。在有爱的对子中，你爱对方，对方不一定爱你；对方爱你，你不一定爱对方；双方互相都爱对方的在所有的伴侣中，大约仅占到一半而已。我做过的社会调查中，夫妻感情很好（我很爱对方，对方也很爱我）的只有约50%。还有一个指标也很说明问题，美国的离结率（当年离婚数与结婚数之比）为50%，中国这个比例也达到26%（2013年：结婚约1347万对，离婚约350万对）。说明人要找到互爱的伴侣的概率并不高，仅仅从满足性欲的角度看，人就很难进入化境。当然有另外的解决途径，比如出家和自慰。出家人彻底禁欲，自慰者自己满足，也是解决性欲的办法，只不过前者的方式是堵，后者的方式是疏。当然后者更符合人性自然，这也是情趣用品业如此发达且各类智能自慰工具层出不穷的原因。

所有的人生欲望都得到满足之后，还应当保持激情，才能最终臻于人生化境，这激情是对美对真对爱的追求。此类追求已经摆脱了简单的欲望的层次,是来自生命本身的一种冲动,是生命力的充沛,来自存在本身。有这种激情的人并不太多,他们就是那些生命臻于化境的人。

爱是最美好的生存状态

人生在世，最美好的生存状态是沉浸在爱之中。因为吃喝拉撒只是简单的生理活动，毫无美感可言，有些甚至是丑陋的。绝大多数的劳作不过是为了谋生，也毫无美感可言。当然，创造性的劳作除外，它可以为人带来愉悦和美感。这样找来找去，只剩下爱，只有爱是人最美好、最纯净、最有趣的生存状态。

最可怜的人是从来不知道爱的存在的人。他们像小动物一样懵懵懂懂度过一生，只是一个生物性的存在、肉体的存在，而不是一个精神的存在。他们也没有精神上的需求，没有对爱的需求和渴望，因为他们不知道爱是个什么东西，不知道它的美好和能够给人带来的愉悦和幸福。

第二可怜的人是不会爱的人。他们知道爱是美好的,是值得追求的,但是他们没有爱的能力,不知怎样才能去爱一个人,去得到一个人的爱。可能的原因是灵魂缺少营养。出于生长环境和自身修养的原因,他们的灵魂干瘪、迟钝,对美好的事物缺乏感知能力和渴望。在他们眼中,世界是窄窄的一条通道,一切都可遇而不可求,自己只能在人生道路上踽踽独行,郁郁而终,终生无缘于爱的欢乐和美好。

稍好些的人知道爱的美好,也向往爱,但是找不到那个能激发他激情的人。因为世上的人虽如恒河沙数,但是值得爱的人并不多。不是长相丑陋,就是呆头呆脑。即使长相不出众,只是平平常常(多数人都属于这一档次),也要有点儿能激发人的激情之爱的素质,比如性格可爱啊,聪明幽默啊,才华出众啊。可是有很多人就是如此不幸运,他终身遇不上这样的人,也就无缘享受爱的美好。

比较幸运的人既懂得爱,渴望爱,也遇到了可以激发他的激情的人,只可惜,他/她爱上了她/他,他/她却不爱她/他,于是这个人陷入了单恋的尴尬境地。单恋是非常痛苦的,这一点毋庸置疑,但是比起没有爱的生活,它还是快乐的。对一个人发生了激情之爱但是得不到对方的爱,尽管无比尴尬,羞辱备尝,但却是一个喜忧参半、苦中有甜的状况。喜和甜全部来自浪漫激情之爱本身的美好感觉。即使没有得到回应，还是可以沉浸在对对方爱恋的感觉之中。有时，由于爱恋的对象可望而不可即，反而使爱本身更加充满激情，更显诗情画意。

最幸运的人当然是既爱上一个人又得到了这个人的爱的人。由于如许的美好发生的概率并不太大，所以被所有的文学艺术一再讴歌，不但成为人们艳羡的对象，而且成为文学艺术永恒的主题。

沉浸在爱之中

人们在世间寻寻觅觅，许多人终身都没有机会遇到挚爱之人。所以才有那么多的小说、电影在描摹爱情，在凭空捏造这一令人神往的际遇，这一人生的化境；所以人们才对这些作品趋之若鹜，希冀沉溺于其中一时片刻，一晌贪欢。

而我却得到上天如此的眷顾，让我一次又一次地中彩。别人一生得不到的东西，我却遭遇了不止一次。虽然我这个人在所有的博彩活动中总是手气不佳，无论是抽奖晚会还是餐馆的刮刮条，都极少得中，但是上天却让我一次次遇到挚爱之人，对他们产生难以抑制的激情。因此我不无得意地承认，我是个从来不中小奖却总是中人生大奖之人。谢谢所有冥冥中操控命运的神，请接受我真诚的、发自内心的感谢。

爱是又甜又苦的感觉，绝不平淡；爱是黏稠的感觉，绝不稀薄；爱是浓烈的感觉，绝不寡淡；爱是沉重的感觉，绝不轻松；爱是深厚的感觉，绝不轻浮。让爱的暴风雨来得更猛烈些吧。让我在爱中痛哭，在爱中欢笑，在爱中沉醉吧。让我终身沉浸在爱之中。

爱是自由奔放的，又是隐忍的。爱的自由奔放是无与伦比的。它像鹰隼，在蔚蓝的天空自由飞翔，有时它看准了目标，极速俯冲；有时又安详地在空中盘旋，沉静从容。爱又是隐忍的，它默默地期待，默默地关注，像在冬至的清晨，那暗夜最长的一天的清晨，默默等待着第一道晨光。

为什么说婚姻是爱情的坟墓？就是因为它的笃定。两人的关系在结婚时已经确定了，不再有悬念，不再有不确定性。而只有在不知前景如何、不知对方会作何反应、在充满悬念之时，爱情之火才旺盛；当一切都已确定无疑时，爱情之火就会熄灭。

在生活中，有所期待的状态是最好的。每天无数次地查看邮箱，在没有音讯时失落，在收到来信时狂喜。只要想起那个灵魂，泪就默默流淌。比起一切都已得到、一切愿望都得满足的状态，我宁愿受这残缺之美的折磨，因为它使我感觉到，我是活着的。而无所期待的状态难道不就是死的状态吗？

对内心的好奇

我对自己的内心存着一分好奇,就像冯唐说他每天仔细观察自己的身体,我每天仔细观察自己的内心,有时甚至能用他者的视角从旁观察自己的内心。观察的结果令我一则以喜,一则以忧。

忧的是,它常常将我拖入困境,拖入炼狱,痛苦异常,而且脱离我的掌控。有时,我真的对自己的内心感到意外,它的情感、它的律动,不是我能够完全控制的。比如有几次,我爱上了一个人,我的心就完全脱离了我的掌控,它自行其是,不由自主到令我烦恼的程度。这些经历当然是单恋,只是自己爱得死去活来,对方并不爱我,无法做出回应，而我却一往情深，欲罢不能。在陷入这种尴尬境地的时候，我常常理智清明，心里明镜似的，对自己的缺点一清二楚，甚至对对方的缺点也一清二楚，但是这只是在理性范围内，一出这个范围，进入非理性领域，内心的情感还是翻江倒海，我行我素，对现实视而不见，听而不闻。有时我想，仅凭我这个个案，就可以写一本关于非理性潜意识的研究专著，不一定能够研究出个结果，因为它的发生机制完全说不清楚，也完全找不到解释。

喜的是，我的内心竟然是如此强烈，如此不安，它把我从平庸琐碎的日常生活中挽救出来，把我放在狂风暴雨之中，放在龙卷风的风眼之中，把我全身淋湿，把我抛上抛下，不给我安宁。它使我感觉到我是活着的，因为宁静是接近死的一种状态，而内心的不宁才是活着的感觉。当人产生激情的时候，感觉的确像双刃剑，一方面极度痛苦不安，另一方面极度欢欣，仿佛进入微醺状态，体验到一种腾云驾雾超凡脱俗的愉悦，一种极其销魂的陶醉感。

提到单恋，人们首先联想到的词当然是凄惨、痛苦、煎熬，但是除此之外，难道没有甜蜜？在茫茫人海之中，突然间遇到一个人，使你喜欢，牵肠挂肚，就像从人山人海的广场上辨认出一张清晰的人脸，难道不让人感到甜蜜？在人的灵魂汇成的海洋之中，突然间辨认出一个灵魂，使你感到投契，有话可说，就像从一团由数不清的灵魂汇集而成的混沌之中闪现出一个可以辨认的灵魂，难道不让人感到甜蜜？在凄清孤寂的人生当中，突然间遇到一个能够令你流泪、令你微笑的思念对象，难道不让人感到甜蜜？在一个生冷冰凉的石头星球上，突然间遇到一个有些温度的东西，难道不让人感到甜蜜？我宁愿陷入单恋的痛苦和甜蜜，也不愿一无所爱。

有时我意识到，如果完全陷入自己的内心，与它一起哭一起笑，会对自己造成伤害——常常被拖进炼狱之中大受折磨，哪有不受伤害的道理？规避的方法只有跳出自己的身体，以他者的角度或者全知全能者的角度来俯瞰自己的内心，这样才能够免受真正的伤害。因为是它在哭在笑，而不是我；是它在上蹿下跳，而不是我。我可以观察它的喜怒哀乐，我甚至可以以怜悯之心看待它的一举一动。只要我愿意，我可以随时沉浸在它的痛苦或者快乐之中，我也可以只沉浸在它的快乐之中，把痛苦隐去。我想跟它一起痛苦时，泪水会盈满我的眼眶；我想跟它一起快乐时，幸福会盈满我的胸膛。

我对我的内心永远充满好奇，不知道它为什么会如此强烈不安，不知道它为什么会突然间对一件事、一个人着迷，不知道它为什么会突然间一往情深，如醉如痴。恐怕这个谜一直到死也无法破解了。

对人充满爱

一代枭雄曹操有句暴露肮脏灵魂的名言：宁我负人，毋人负我。一次，他借宿友人家，友人商议杀猪待客，他误会友人要杀的是他，遂击杀友人全家老小，待发现错杀友人后，说了这句无耻的话。他虽然后来成为名垂青史的人物，但是这句代表他内心待人原则的话却把他钉在了道德的耻辱柱上，遗臭万年。

这种极端的自私自负难道是成大事的人的共同品性？难道是他们成功的必要条件？如果是这样，一个正直善良的人宁愿终生默默无闻，因为那样自私自负即使成就了大事业也会使人良心不安（如果他还有良心的话），而良心不安使人不快乐。无论人一生能有多大成就，如果内心不快乐，不安宁，就不是值得追求的人生。

一个高尚的人的处事待人原则应当完全反其道而行之：宁愿天下人负我，我也不愿负天下人。他应当永远怀着爱人之心，宽宏大量，善待他人。即使人人都认为"忠厚是无用的别名"，也守着忠厚，对人充满爱。这样待人，不仅使他人受益，而且最大的受益者还是自己：自己可以终生坦坦荡荡，问心无愧，内心平静而快乐，这种内心的愉悦是所有世俗成功所带来的快乐都不能比拟的。

回顾一生，想到自己对周边的人都充满了爱，而他们也都爱我，喜欢我，善待我，我心中就会感到平静和喜乐。

我爱我的父母。虽然他们都不是完人，有各自的优缺点，有各自的烦恼，但是我爱他们。中国人对父母从不言爱，只言敬，只言孝。西方人不这样，亲子之间常常会说"我爱你""我也爱你"这样的话。留学六年回国后，记得有次很突兀地对妈妈说了一句"我爱你"，双方立即陷入尴尬境地，以后就再没说过。但是我确实爱他们，这种感觉是确凿无疑的。

我爱我的哥哥姐姐。虽然我们接触很少，两个姐姐很早就到外地上学工作，哥哥也常住校，然后各自成家，我们兄弟姐妹四人聚少离多。现在他们都已进入老年，我们一年只在春节聚会一次，平常只是通通电话，但是血浓于水，大家亲密无间。发生过的任何龃龉也只会像小时候抢点心盒子那样烟消云散。我爱他们三个，也爱与他们相守终身、相濡以沫的姐夫和嫂子。

我爱我的儿子和所有的下代亲属。儿子虽然是收养的，还是一个智力平平的孩子，但是他长得非常漂亮，非常晚熟，像个懵懵懂懂的小动物，一味依恋着我，使我从他身上感觉到的全是温暖和亲情。我爱哥哥姐姐的孩子们，所有管我叫"小姨""小姑姑"的孩子。他们全都是非常优秀的孩子，智力超群，性格纯净。我们虽然几乎从不见面，但是还是能够感觉到血缘的亲情。

我爱我的爱侣。我一生爱过的几个人，个个刻骨铭心。每当想起对他们的爱，他们对我的爱，就会泪流满面。我的灵魂为他们哭泣，为他们欢笑，他们为我带来最多的快乐和痛苦，他们使我的人生悲喜交集，波澜起伏。爱，如诗如画；生，如醉如痴。我愿意终生沉浸在爱之中，爱他们，呵护他们；被他们爱，被他们呵护，就这样如醉如痴地走完一生的漫漫长途。

我爱我的朋友。我交友不多。如小波有次所说：吾虽以交友为终身事业，一生所交之友不过二三人而已。朋友和知音为我带来巨大的快乐，我们相互欣赏，相互批评，相互激励，为了朋友的一句赞美高兴好几天，为了朋友的一句批评检讨好几天。那种灵魂的相知、相通大大减少了孤独的感觉，那种融洽、投契的感觉使人和人之间不再淡漠冰冷，那种相互的喜爱、崇敬和尊重使人感到生活的美好。

人们，我爱你们。我在爱你们的时候感觉到了心灵的宁静和喜乐。

爱情与自由

人陷入爱情就陷入了一种心有所属的状态，即丧失了自由。当然，这是一种对自由自愿的放弃、甜蜜的放弃，人自愿成为爱的囚徒。裴多菲说"生命诚可贵，爱情价更高，若为自由故，二者皆可抛"，他所谓的自由应当是针对专制独裁意义上的自由，但是在这里不妨借用一下：要爱情，还是要自由？

要爱情当然有道理，爱情给人美好的人生体验，一个人对另一个人的迷恋和深情厚谊是人世间最美丽的花朵，最美好的人际关系，最纯粹的存在感觉。我们甚至可以像笛卡儿说"我思故我在"那样说"我爱故我在"。对于笛卡儿的说法，如果不了解其哲学背景，就会觉得不知所云，或者说不知其所以云：为什么人之思考能证明人的存在呢？难道不思考的人就不存在吗？这一说法背后的哲学论争是唯物论和唯心论的繁复讨论：怎样证明物和人是存在的而不是感官的虚构？笛卡儿的"我思故我在"可以理解为：如果我不存在，那么我的思想是哪里来的？同理，陷入恋爱中的人可以说：由于我在爱，所以我是存在的。我爱故我在。

要自由的理由更加充分，因为自由是一个独立强大的灵魂必须具备的品质。如果生而不能自由自在，随心所欲，那么人不会真正快乐，除非你的爱完全出自自身的需求并且从中感受到快乐。听上去像一个悖论：爱是放弃自由，因此不会快乐；但是出自自由意愿的爱却可以接受，因为它是快乐的。在这里，标准是快乐：如果爱变成了一种责任、一种义务，或者没有得到回应，它就不再为人带来快乐，只带来痛苦和囚禁。在这种情况下，就是放弃爱回归自由的时刻了。

要放弃爱，谈何容易？人愿意沉溺在爱的感觉之中，即使这种感觉已经变成一种虚幻或单向的感觉，人仍不愿放弃。因为爱情的感觉在人平淡的生活中太过美好，太过奇异，就像一种天堂才有而世间并无的甘甜果实，一尝之下，人就再也不愿放弃，哪怕为它牺牲自由甚至粉身碎骨都在所不辞。在爱的时候人会忘记，每个人在这个世界上都是绝对孤独的，所有的人际关系都不过是对这一残酷事实的可怜巴巴的遮掩罢了。人孤零零地来到人世，然后孤零零地离去。虽然听上去很惨，但是没得选择。表面上看，人生在一大堆人中间，活在一大堆人中间，死时身边也围着一大堆人，但是难道人的灵魂不是孤零零地在人世间飘荡吗？死后如果有灵魂，它会继续孤零零地在空中飘荡；如果没有灵魂，那就是彻底地消失，像从未存在过一样。人如果不能或不敢正视这个惨淡的事实，他就不是一个清醒的人，他就只能是一具懵懵懂懂的行尸走肉。

在面临爱情和自由二择一的局面时，我选择自由，不选择爱情。原则是快乐：当爱情带来快乐时，我当自由地选择爱情；当爱情不再为我带来快乐时，我当选择自由。

世上没有完全重叠的关系模式

世上任何二人关系的模式都是不一样的。有重叠,无重复。爱情友情亲情的分类只能是大致的分类。

一个人爱上了另一个人,他们的关系可能是互爱;可能是一个爱一个不爱;可能是一个爱得多一个爱得少;可能是一个爱对方10分另一个爱对方10分;可能是5分5分,可能是1分1分;可能是10分1分;可能是7分5分;可能是3分2分……依此类推,无穷无尽。所以说没有哪一对的关系与其他人是一模一样的。从对对方的亲疏远近和内心感觉看,友情和亲情的关系模式也是这样多种多样绝无重复的。由于一些关系之间有共性,有重叠的部分,所以才能将这些关系大致划分为爱情、友情和亲情,但是要想在这个世界上找出两对一模一样、完全重叠的关系是不可能的。

关系模式的区别不仅是量（强烈度、深厚度、黏稠度）的不同，还有质（爱情、友情、亲情）的混杂，比如有的亲子关系中存在朋友的成分；有的夫妻关系中存在亲人的感觉；有的朋友关系中存在恋人的成分；甚至有些关系中杂糅着爱情、友情和亲情的因素，其中爱情、友情和亲情各占三分之一；爱情占5份、友情占4份、亲情占1份；1份、8份、1份；4份、2份、4份……如此等等，不一而足。

形塑人与人关系模式的因素既有先天因素，也有后天因素。先天因素大多是物质的，后天因素大多是精神的。比如，一个人喜欢另一个人，决定他们关系模式的有性别、年龄、颜值、身体健康状况、居住地、家庭背景、社会阶层等等，这些都是塑造他们关系的物质或身体因素，这些物质因素决定了他们是夫妻关系、亲子关系、朋友关系、友人加情人关系还是三情杂糅的关系。

后天因素包括性情、喜好、习惯、情调等，这是塑造他们关系的精神或心灵的因素。两人关系的最终决定因素是灵魂的契合度，亲子关系能够达到灵魂朋友的程度，不仅仅是因为两个人是父母和子女的关系，还因为他们的灵魂高度契合；普通夫妻能够达到灵魂朋友的程度，也是因为二者三观相近，灵魂接近；普通朋友能够达到灵魂朋友的程度，一定是缘于两人灵魂的强烈吸引。

　　总而言之，由于人类物质和精神的千差万别，世间形成了丰富多彩的人际关系，它们像奇花异草开遍原野，像奇鸟异兽活跃在广袤地球的各个角落。

4

CHAPTER

爱是灵魂之花

爱情就是一朵灵魂之花,灵魂干瘪,
花朵就蔫头耷脑,甚至根本就不会开放;
灵魂丰富,花朵才能盛开;
灵魂越丰富,花朵越绚丽多彩。

爱情是病吗

近读多丽丝·莱辛（诺贝尔文学奖得主）《天黑前的夏天》，小说写的是一位45岁的典型的中产阶级家庭主妇凯特遭遇中年危机，对自己的一生全面质疑。在经历了完美的爱情、婚姻、生养了四个孩子的标准家庭主妇生涯之后，她对自己的人生产生了深刻的怀疑，尝试了家外工作和不成功的婚外恋情以及离家单独居住，思索自己的人生境况，可是，她最终还是选择了回归家庭。她有个邻居玛丽，跟她虽然是形影不离的好友，生活姿态却完全不同。她并不像凯特那样在乎丈夫子女，总是打扮得很入时，情人不断线。她从来不知道爱情为何物，婚后不久即与第三人发生婚外性关系，仅仅因为喜欢性。丈夫开始受不了她，离了婚，后复婚，最终就那么接纳了她。

小说中对爱情的质疑很有意思。凯特有这样的沉思和独白："爱情、责任、恋爱，还有失恋、有爱心、举止得体、懂规矩。这些是病。是的，有时我觉得所有这些都是病。""这很可能就是未来的性观念，浪漫爱情、渴望想念、绝望情绪全被放逐到精神失常的过去。"

小说提出的一个重要判断是：浪漫爱情将进入过去式，它不仅是一件过时陈旧的事情，而且是精神失常的表现。这是未来人们的看法吗？这是残酷的事实吗？

凯特和玛丽，两个女人代表两种观念，两种人生追求。前者是以爱为性，性爱结合；后者是以性为爱，有性无爱。前者一向受到讴歌，后者一向遭遇批判。但是从小说塑造的玛丽这一形象来看，虽然笔墨不多，倒也真实可信。看来完全不懂爱情、不要爱情，只有性关系、婚姻关系、亲子关系的人生，也不是完全不可能，也不一定就是很糟糕、很不幸的生活模式。在现实生活当中，浪漫爱情的发生率并不很高，大多数人过的就是玛丽这样的人生，难道就毫无价值或者必须受到贬低吗？如果我们不看文学艺术作品，只看芸芸众生的现实生活，就不得不承认，很多人的人生都是只有性没有爱的。如果我们把爱定义为一种迷恋式的激情，那么即使在那些发生了爱情的关系中，爱情也持续不了多长时间，会转变为既非迷恋也不激烈的柔和的亲情和友情。

那么，爱情究竟是什么呢？它是真实存在的吗？它真的如小说主人公所说的只是一种病态，是精神失常的表现吗？

首先，我认为世上的确存在着被叫作爱情的迷恋式的激情。它不仅存在于小说和影视作品当中，也确确实实在现实的凡夫俗子的生命之中发生过。在我对中国女性的情感和性的一项调查当中，发现了很多实例，当事人爱得神魂颠倒，死去活来，甚至有为爱自杀未遂的事例。在同性恋研究中也发现了类似的爱情故事，除了爱情对象的性别与前一项研究不同，其他毫无二致。

其次，爱情的确不是常态，而是一种比较罕见的现象，但是我不愿称它为病态或者精神失常。当人陷入迷恋式的激情时，他的确偏离了清明冷静的理智，他会美化对象，使爱的对象蒙上一层夸张的薄雾，自身也陷入一种微醺的状态，陶醉其中。当爱情遭到阻碍或拒绝时，其丧失理智的程度更加凸显，人的情绪失控，陷入疯狂的痛苦之中。旁观者冷眼看来，的确相当夸张，疯狂，就像精神失常。但是这种激情确确实实发生在并无精神病史的普通人当中。

最后，激情不会延续很长时间，会在关系延续了一段时间之后转化为柔情，就像熊熊的烈火转化为涓涓的小溪，爱情转化为亲情和友情。当然，有极少数人能够在一生中常常处在爱情之中，但是只要爱情的定义是迷恋式的激情，这个人的爱情对象绝对不会始终是一个人，而是一系列不同的人，在极端情况下，也许会出现同时爱两个人的境况，无论如何，就是不会从一而终，因为对一个人可以有持续很长时间的激情，但是迷恋无论如何不会始终集中在一个人身上，只要理智恢复，就不会再沉迷，除非始终没有得到回应，那就是单恋了，也可以叫苦恋。如果一直得不到回应，爱情的喜剧最终可能会演化为悲剧，就像少年维特的结局。

总之，爱情是人世间稀有的、宝贵的、最富于戏剧性的经验，它不应当被视为病，但是它也绝非人生存的常态。

故意陷入爱情

在人的一生中，能够陷入爱情的机会不多，因为爱情并不像秋天的落叶，俯拾即是，它像冷热带交界处的落雪，偶尔才会出现。

当爱情降临的时候，除了少数情况，大都只是一个人的感觉，而不是双方的感觉，即使这爱后来得到了对方的回应，它还是可以分出先来后到的。所以爱情的发展不外两种状况：一种得到了回应，一种得不到回应。前者就是一场圆满的爱情，后者就是单恋。有的爱情能够得到强烈的回应（比如王小波就把我对他爱情的回应称为"山呼海啸的响应"）；有的爱情能够得到勉勉强强的回应；有的爱情干脆就得不到回应。

我相信，在这世界上每天发生的无数次爱情当中，多数都得不到回应，能够得到回应的只有少数。当然有很多世俗的原因，家庭背景啦，教育背景啦，容貌身材啦，年龄性别啦（说到性别，许多同性恋者会爱上同一性别的异性恋者，而对方本来是喜欢他的，只是因为他的性别无法回应他的爱）。更主要的原因还是两人性情和灵魂的投契程度。人们所说的"缘分"，当然也包括那些世俗的因素，但是更主要的还是那种可以意会不可言传的心灵感应。

既然多数爱情都不会得到回应，人还要不要让自己陷入爱情呢？我的看法是，人可以故意让自己陷入爱情，即使是明知不可能得到回应的爱情。为什么这样说？仅仅因为爱情本身的美好。当人陷入爱情时，就像喝醉了酒，处于微醺状态，心境纯粹，愉悦，陶醉，这是一种非常幸福、非常快乐、非常优雅的状态，就像你看到一朵美丽的花朵，你欣赏它，你迷醉于它的美丽，你爱上了它。虽然花朵不会回应你的爱，但是你仍然获得了为它的美所陶醉、所痴迷的愉悦感觉。人们总以为单恋是苦多于甜的，其实并非如此，因为对方最多只是不回应、无法回应而已，并不会厌恶你对他的爱恋，只会透过你的爱更加意识到自己的美丽和魅力，就像一朵花不会厌恶别人对它的欣赏一样。如果你爱的对象对你真的厌恶，那只能说明他并不如你想象的那么美好，他觉得自己并没有那么美好,是不值得别人这样来爱他的。如果是这样,就应当放弃你的爱,因为他确是不值得你爱的。

尼采曾长篇累牍地论述日神和酒神,日神就是理性,酒神就是非理性,故意让自己陷入爱情,无论它是否能够得到回应,这种行动就是对酒神的祭拜,让自己陶醉在一种强烈的非理性的情绪之中。就像饮酒放歌一样,这也是一件值得去做的事情。

超凡脱俗的精神之爱

世上只有精神恋爱是真正超凡脱俗的，它可以包容其他的人，甚至可以包容对方的其他爱情。因为在现实中没有任何物质的实质的约束，所以它可以不排他，就连嫉妒也仅仅是一种微薄的幻象而已。

凡俗都在现实之中，其实凡俗和现实是同义语，凡俗就是现实，现实就是凡俗。凡是现实的，必定是凡俗的，吃喝拉撒睡，怎能不是凡俗的？正因如此，所有的神仙和天使都是没有吃喝拉撒睡这一套的。

精神之爱是最奇特的。它的稀有罕见之处首先在于其非现实、非物质、非肉体的特征。它是似有似无的，可有可无的，人愿意让它存在，它就可以存在；人不愿让它存在，它就不复存在。这在所有的现实之爱中是不可能的。

精神之爱是最自由的。正因为它的非现实、非物质、非肉身的特质，它可以自由徜徉在虚拟的空间，它可以完全做到不排他，不但可以尊重对象所有的现实关系，甚至可以容忍对象对他人之爱。在现实生活中，除了多边恋等例外，人根本无法想象不排他的爱，但是在精神之爱中，确实能够做到这一点。因为它只是一种精神的活动，只是对另一个灵魂的一点感觉而已，对方有一个爱，或者有两个爱，或者根本没有爱，都是无所谓的。

精神之爱又是最美好的。在现实生活中，爱会遭遇各种痛苦，生老病死，生离死别，而精神之爱却不必经历这些磨难，它仅仅是有或者无而已。如果发生了，它就只是一味的美好；如果人不存在了，或者爱不存在了，那就是简单的无。所以它不必与任何丑陋、卑琐以及痛苦为伍。

愿意一直沉浸在精神之爱之中，直至生命的终结。这是高质量的生活，也是使自己的生活成为一件精美艺术品的活法。

精神之花

五月的北京，月季蔷薇盛开。院里有一户人家，在寸土寸金的地方，故意把院墙修得缩进院子，在院墙外留了一块一尺宽的土地，种上了一排月季。月季长势茁壮，在五月这一整月间，姹紫嫣红的花朵相继盛开，形成一道美丽的花墙，令人赏心悦目。

养料充足，花朵才能盛开，才能绚丽。精神的花朵也需要养料，它的养料就是灵魂的丰富。灵魂干瘪，花朵就蔫头耷脑，甚至根本就不会开放；灵魂丰富，花朵才能盛开；灵魂越丰富，花朵越绚丽多彩。

爱情就是一朵灵魂之花，它最需要丰富的养料。灵魂干瘪的人不会爱，也很少有机会被爱。爱情就像花朵中的向日葵。在两个意义上像,一个是它的脸总是不由自主地转向太阳,无论太阳有情还是无意,它都不改初衷;另一个是它的吸收力超强,所有种过向日葵的土地就像被废掉了武功的武师,所有的功力全都被抽空了,只剩一个空壳。爱情就是向日葵这样吸收力超强的花朵,所以它需要特别肥沃丰美的土壤。

一个人精神的养料来自两个源泉,一个是先天资质,一个是后天修为。如果先天鲁钝,人只好终生活得懵懵懂懂,像个以物质需求的满足为主的小动物,无非吃喝拉撒睡,即使做事,目的也十分明确,就是为了满足肉体之需。因此,先天的善感是一个人能不能有精神生活和能够拥有什么样的精神生活的原始基础。

精神养料的另一个源泉在于后天的修为。音乐、美术、文学、哲学,所有这些人类先人流传下来的精神产品,用心研读之后,都可以成为灵魂的养料。只有拥有了这样的养料,精神之花才能够盛开;拥有越多这样的养料,精神之花才能愈加繁盛。

因此,从某种意义上说,一个人一生是否能够经历激情之爱,是他灵魂是否生动丰富的一个指标。

喜欢·爱·喜爱

当人陶醉于对一个人的喜爱之中，有时会分不清喜欢和爱。喜欢和爱的感觉非常接近。如尼采所言，在远古时代和未来时代，人们并不知道现当代这种爱情，只不过是喜爱而已。

在远古时代，人们只是相互喜欢而已，当一个人喜欢上异性，她跟他结婚，生孩子；当一个人喜欢上同性，他（她）跟他（她）成为朋友，有时也包含性活动，当然那就只是为了性愉悦本身，而不是为了生育。所谓柏拉图式的爱情，其实指的就是同性之间的精神之恋。其中并没有什么现代意义上的爱情发生，或者可以说，喜欢就是爱，爱就是喜欢。在中国漫长的古代，连喜欢不喜欢都不重要，男女结合主要的价值在于生育和传宗接代，大量的男女在婚前根本不认识，"父母之命，媒妁之言"而已，哪里谈得上喜欢？

于是，在人际关系的领域，实际的喜爱程度是呈光谱样分布的：从有点儿喜爱，到相当喜爱，到非常喜爱，到狂热喜爱。世界上任何一对恋人的关系与另一对都不会完全重合，完全一样，只是处在这个光谱样分布的不同节点上。所谓不一样，既指方式，也指程度。方式包括异性恋、同性恋、双性恋等细微差别；程度则指关系的浓度和烈度。比如这一对是男爱女多些，那一对是女爱男多些，这一对是以精神交往为主，那一对是以肉体交欢为主，这一对仅仅是一般朋友，那一对还成为性伴、夫妻。如此等等，不一而足。尤瑟纳尔说她厌恶法国程式化的爱情，恐怕就是感觉到了爱情的光谱样分布，不愿意陷入千篇一律的程式化的爱情。她的终身伴侣是一位美国女性。

如果事情真的像尼采所说的那样，在未来世界人们也像古代人一样，并不知道现代的爱情程式，只是根据自己内心的感觉去喜爱一个人，建立某种不符合任何模式的特殊的关系，那也是完全有可能的。

在情感类型上的男女之别

儿女情长，英雄气短，这话一听就是男人的感觉。男人对情感总是一带而过，而女人却总是缠缠绵绵，愿意沉溺其中。这或许是两性最大的差别。

男人是理性动物，女人是感性动物。早就有这样的概括。所谓概括，就是对多数状况的描述。并不排除例外，居里夫人就是例外。我碰到几个身家过亿的女企业家，全都独身，她们是例外。部分女博士是例外，所以被人戏称为"第三种性别"。

整个的性别歧视都建立在这一概括的基础之上：既然男女两性的情感类型是这样的，那么就男主女从，就男尊女卑，就男主外女主内，男人是独立支撑的大树，女人只能是绕树的春藤、依人的小鸟。

女权主义起而抗争，其中本质主义的一派拼命论证，感性比理性好，更仁慈，更爱好和平，更凭直觉做事，更贴近自然。她们不是论证女人也可以成为大树，而是说春藤比大树要好，小鸟比人更可爱。

无论是主张树比春藤好，还是论证春藤比树好，都不否认男人是树女人是春藤这一区别，都承认男人理性女人感性这一概括。可是，这一概括是正确的吗？

就社会上大多数人的状况来说，这一概括也许是符合统计结果的。也就是说，除了少数例外，多数男女之间的确存在着这一区别。在我看来，不是这个概括有什么错，而是在归因上出了错：两性情感模式的区别不该被归因于生理的、自然而然的、无法改变的，而应该更多归因于社会的、文化的、历史的，它是被长达数千年的历史、社会和文化建构起来的。这就是对男女这一区别的本质主义的解释与社会建构论解释的不同。

同理，也只有社会建构论才能解释有越来越多的女人不再是春藤，而变成大树，才能解释女企业家，才能解释女博士——当社会为女人提供了成为企业家、成为博士、成为大树的条件之后，女企业家、女博士和女大树就大量涌现出来了，哪里由什么生理决定呢？

那天开会，我被一个女企业家拉住手不放，抱怨找不到合适的人结婚。谁让她例外呢？例外就要蒙受广大俗气男子的视而不见或者望而却步。她只好碰碰运气，看能不能碰上不那么俗气的男人。这样的男人不多，所以正好碰上的概率不高。没什么办法，全凭运气了。我想这样对她说，但是最终还是没说出口，怕对她打击太大，她需要雪中送炭，而不是雪上加霜啊。

对于大多数女性来说，由于历史的、社会的、文化的建构，与男性的理性相比，她们还是更多地沉溺于情感之中的。当然，这不是生理的原因，这点必须牢记在心。话说回来，沉溺于情感和眷恋之中也没有什么不好，虽然有快乐也有痛苦，但是感觉至少不是绝对的孤独，比理性的男人活得更加有滋有味，更加缠绵悱恻，更加充满激情。男人的激情都用在追名逐利上了，我们却常常陶醉在爱情之中。

伟大与张力

加缪说,说到底,也许艺术的伟大就存在于美好和痛苦之间的永久张力,这个张力还居于人的爱情和创作迷狂之间,难以忍受孤独和筋疲力尽的人群之间,以及拒绝和同意之间。

在此,加缪提出了几种情境:艺术,爱情,友情。

艺术的伟大就在于描绘美好与痛苦的交错纠缠。雨果的小说是如此,莫扎特的音乐是如此,凡·高的画作也是如此。

爱情的伟大之处也在于它一般总是处于美好与痛苦之间、拒绝与同意之间。当一方产生激情时,对方同意就快乐,对方拒绝就痛苦。而真正的伟大之处在爱情发生时就已存在。它若即若离，若隐若现，若真若幻。当人陷入爱情时，心地纯净，精神亢奋，意趣高远，远离现实生活的琐碎与平庸。这就是爱情的伟大之处。

友情存在于个人独处与交友交流的张力之间。内心强大的个人是不害怕独处的，但是要不要与人交流？独处是寒冷的，交往是温暖的；独处是凄清的，交往是黏稠的；独处是高效的，交往是费神的。如何选择？当人找到了知音和朋友，那种心有灵犀、情投意合的感觉虽然比不上爱情，但也是很温暖的一种感觉，至少降低了存在之孤独的尖锐程度。

生存的伟大与渺小、雅致与庸俗还存在于其他许多方面，其实，它潜伏在人的整个存在基调当中，有些人的存在是伟大与雅致的；有些人的存在是渺小与庸俗的。一切全在自己的选择。无论是生存方式还是心境，人完全可以轻而易举地选择伟大与雅致，只在一念之间。

要不要让自己陷入痴迷状态

人陷入痴迷状态是很不寻常的。凡是在某个领域有优异表现的人大都是对所做之事陷入痴迷状态之人。非如此,他不会对此事投入过多的关注,也就不会比一般人做得更好。在遇到瓶颈时,一般人知难而退,痴迷之人却痴心不改,继续沉迷于其中,于是才能突破瓶颈,脱颖而出。

恋爱是人陷入痴迷状态的典型。那是一个人对另一个人无缘无故的迷恋。对象在一般人眼中只是一个平平常常的人而已,既不太好,也不太坏;既不太美,也不太丑。在痴迷人的眼中却非如此,对象变得一点儿也不平常、不平淡,既好且美,看遍天下,无人能够与之媲美。

人要不要让自己陷入痴迷状态呢?我的看法:一是要珍

惜，二是要警惕。

陷入痴迷状态的机会在人的一生中并不常常发生，所以应当视为珍宝。无论是发生了对某事还是对某人的痴迷，都是一个极其珍贵的机会。抓住不放，锲而不舍，就可能有所成就，做成一件常人无法做到的事情，或者获得常人难以企及的爱与美。

然而，痴迷状态是柄双刃剑，它让人感觉到存在的欢欣，不会对生存变得麻木不仁；它又能使人忘掉存在，陷入懵懵懂懂的不清醒状态，沉迷于其中，乐不思蜀。一旦受挫，会产生极大痛苦。因此，最佳状态是清醒地陷入痴迷，听上去是自相矛盾的：既然是痴迷，如何能清醒？我只是说，应当对自己的痴迷状态留存一点警惕之心，以便在无法获得痴迷之物时，及时回头，取"阮籍行至绝处大哭而返"的明智态度，以减少伤害。

压抑与升华

在独自面壁静修时,心并不容易真正宁静下来,各种各样的欲念仍旧在心中徘徊不去。人的生命力来自欲望,生命力强者则欲望强,欲望强者则生命力强。克制欲望难道不就是削减或者压制自己的生命力?思虑至此,心里相当矛盾。如果说欲望是需要压抑的,难道不是在压抑自己的生命力?难道人应当压抑自己的生命力?

福柯曾说过,对性欲完全不规范的社会是不存在的。道理非常清楚:一个社会不可能不制裁强奸行为,因为它造成对他人身心的伤害;即便双方自愿的性欲也不可完全随心所欲,比如已婚者就不可以四处宣泄,因为它造成对婚姻关系的伤害;即使自由人也并非能够完全随心所欲——至少在找

虽然在造物主眼里，我只不过是一粒芝麻，但是这个渺小的生命对于我来说，却是我的全部，是我的整个世界。

傍晚时，美丽的晚霞镶着夕阳的金边，每天都不会重样，其千姿百态的绚丽超越所有艺术大师的想象。

每一个生命都是有热度的，只不过冷热的程度有所不同。有的生命是炽热的，像一团熊熊燃烧的火；有的生命是冷清的，像一条静静流淌的河。

生命是脆弱的。与浩瀚的宇宙相比,它是那么渺小,像一粒微尘;与乍看上去无限的(其实还是有限的)时空相比,它像一只朝生暮死的蜉蝣。

如果没有激情,就平静度日;如果拥有激情,就尽情表达,让它自由奔放,酣畅淋漓地宣泄出来。

无论我们是注视还是看也不看,时间一视同仁地流逝;无论我们关注还是想也不想,生命照旧绝尘而去,绝不回头。

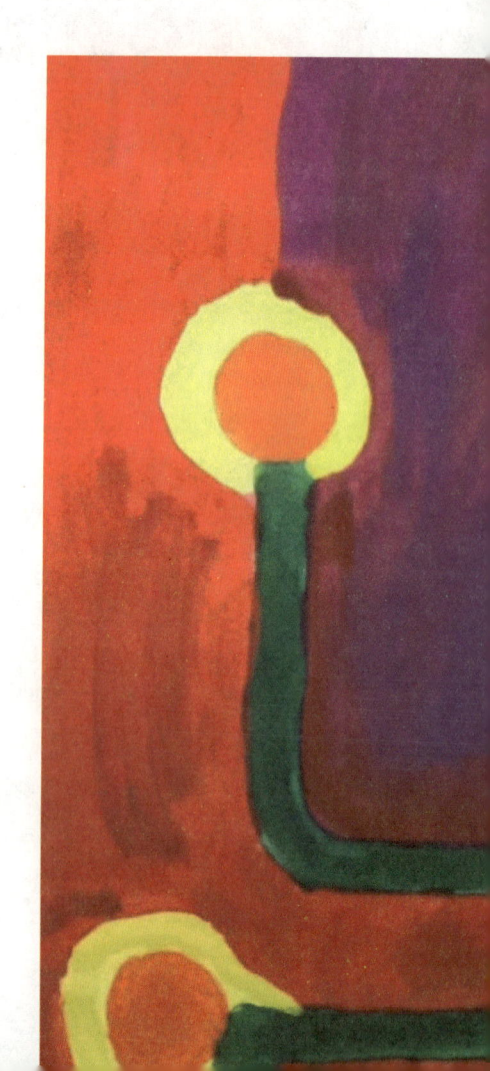

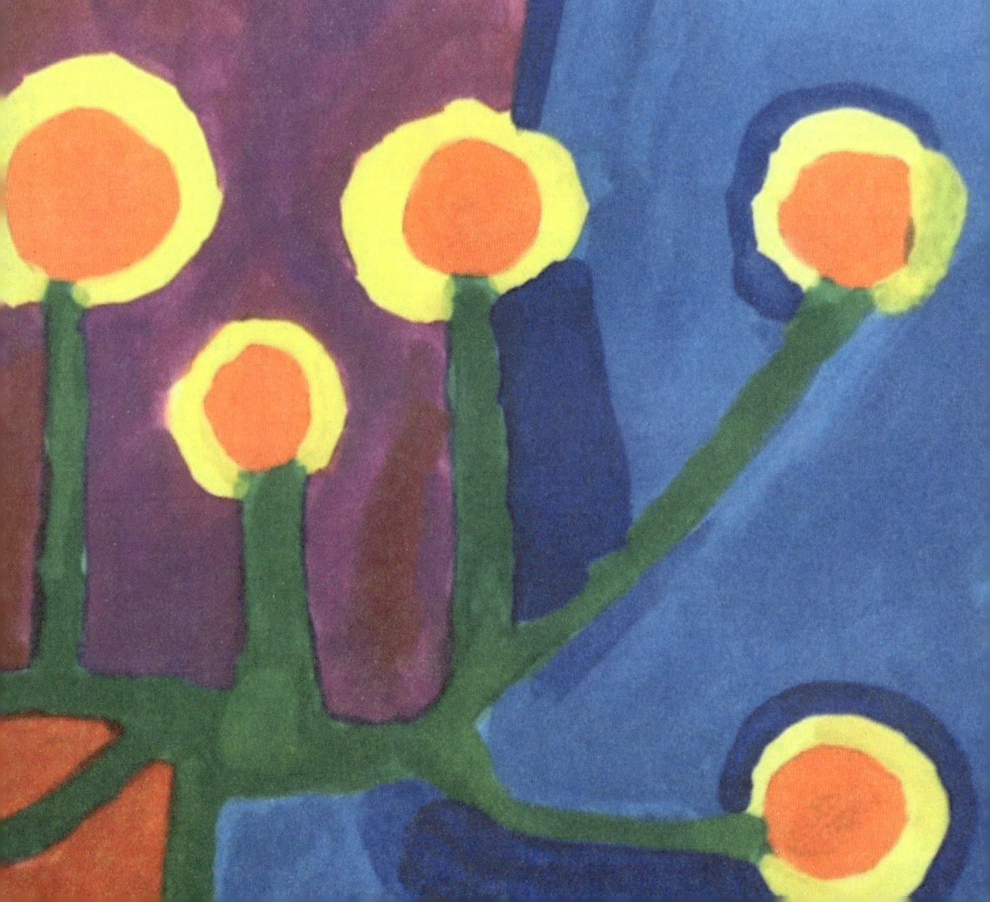

在我们秉持着内心的激情去生活、去做事的时候,只要不时想一下公序良俗并思考所做的事情是不是自己发自内心的冲动、能否为自己带来快乐和满足的感觉就可以了。如果答案是否定的,就不去做。

表面上看，人生在一大堆人中间，活在一大堆人中间，死时身边也围着一大堆人，但是难道人的灵魂不是孤零零地在人世间飘荡吗？

大多数人只是活在必然之中,从出生到死亡,只是像陀螺一样,被一种无形的力量拨一拨,动一动,从来没有享受过自由的存在,精神的飞翔。

对于个人来说,人生的全部意义就是快乐而充实地度过每一天,好好享用自己这几十年的光阴和生命。

拥有纯净的心灵，将使自己的生活变得美好、高雅，可以终生与美好的事物、美好的人相处，可以使自己的身边只剩下美好的事物和美好的人。

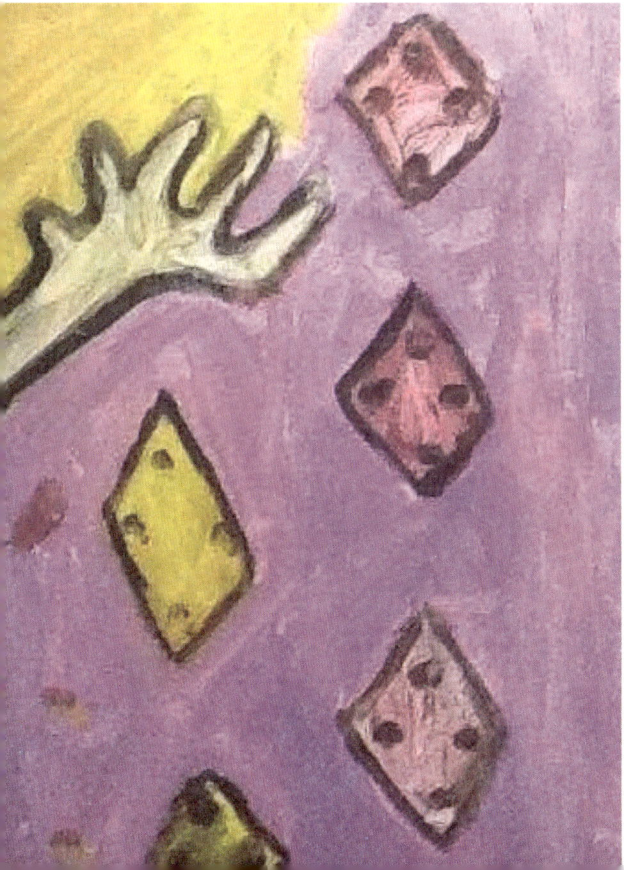

一个人能否确切了解和定位自己的才能的界限至关重要。你只有确知自己最适合做什么，确知自己经过努力能够做成的事和即使怎么努力也做不成的事，才能够做出正确的选择，避免坠入痛苦的境地，进而得到快乐。

在生之前，在死之后，人一无所有；在生死间，人能拥有的只有时间。

既然我们能够拥有的只有生活,那就应当热爱生活,去珍惜每一天的生命,去兴致勃勃地度过自己宝贵的时间。

不到可以宣泄的对象时。性欲，一般意义上的欲望（喜欢的事情，喜欢的人），生命力，这三者在我看来基本上是一回事，至少也是大同小异，有相当高的重合度。因此，可以得到这样一个结论：只要生活在社会当中，人就并不能够得到真正意义上的自由，即完全彻底地随心所欲。

弗洛伊德说过，压抑是为维系社会秩序和文明必须付出的代价。他由此推出升华理论：当人不得不压抑自己的欲望时，受阻的原欲就升华到精神的领域，创造出各种各样的艺术品。这就对了，可以解决我心中的矛盾和痛苦了：当我们的欲望无可宣泄的时候，应当将其转向精神领域的创造。我们应当摈弃一些无处宣泄的欲望，但并不是单纯地摈弃它，而是使其升华，使自己的生命力转向精神领域，去创造美。这样做的结果并不是简单地摈弃了快乐，剩下痛苦和压抑，而是摈弃了一种快乐，却获得另外的快乐。

我们并不需要压抑自己的生命力，而要在压抑某些欲望时，使自己的生命力变得更加生机勃勃，使自己的生命变得更加美丽和精彩。

论欲望

人的成功固然有机遇的因素，但更多还是取决于自身。而对于自身来说，才能之类的因素又比不上意志和欲望，你有什么样的欲望，就会成为什么样的人。你所拥有的就是你想要的。所以，马斯洛说，生命最高的需求是自我实现。

人一出生，周边的环境就是广义的机遇。有的人生在富贵之家，有的人生在贫街陋巷。有的人衣来伸手，饭来张口；有的人缺衣少食、捉襟见肘。有的人生存的环境美好精致，有的人挣扎在粗粝艰辛的深渊。有的人周边全是关爱和温暖，有的人小小年纪就要体验冷漠和残酷。

一般来说，机遇较好的人成功率较高，但是也不尽然，有太多例外。有很多成功人士出身贫寒，机遇比一般人还不如。而艰辛的环境有时反而激发了他们改变命运的欲望，这欲望强烈到使这些人变得出类拔萃，比如杰克·伦敦，比如莫言，比如王小波，儿时的粗粝生存环境反而成就了他们的文学。许多巨富也是从一文不名做起来的，就是因为有那个心劲儿，有远远超过常人的欲望或意志。

有个初看匪夷所思的判断：就连才能都部分地源自欲望。才能这个东西虽然有很多先天的成分，就像美丑智愚，但是我相信，还有很大的比重来自欲望。当人对某事欲望强烈时，就会把许多心思和精力放在这事上面，于是这方面的才能就会积聚成形。人的兴奋点在哪里，他生命的重心就在哪里，他就会拥有哪方面的才能。兴奋点在美味，生命的重心就在吃，就会去琢磨与美味有关的一切，就会去学烹饪的技能，也许就成为一位优秀的厨师，或者是专业美食品尝鉴赏家。兴奋点在美色，生命的重心就在性，就会去琢磨和追求与美有关的一切，去欣赏美、享用美，在欲望受挫时，还有可能升华至文学艺术创作，成为艺术家和文学家。兴奋点在爱，生命的重心就在情感生活，就会去琢磨和追求与爱有关的一切，拥有美好的情感生活，终生浸淫在亲情、友情和爱情之中，或者成为特蕾莎修女那样伟大的慈善家，而她的爱已经是博爱。

人的欲望越强烈，成功的概率就越大，生命就越精彩。

欲望低下，生命就平淡，无精打采，味同嚼蜡；欲望强烈，生命就激烈，兴致勃勃，兴高采烈。欲望这个东西，感觉上先天的成分很重，当然，后天的培养和追求也会有些作用，但是人生命的底色是不会改变的，是浓墨重写，还是轻描淡写，是浓烈的史诗画，还是清淡的山水画，那基调是终生不会改变的。

欲望是双刃剑

对于欲望，我的心情极为矛盾。欲望是一柄双刃剑，既给人带来痛苦，又给人带来快乐，所以，我不知该拿它怎么办。

如果人真的没有了欲望，那他离死就不远了，人毕竟不是长寿龟，真能一动不动待在水边，几十年如一日，全无欲望，全无行动，全无意念。如果人还有欲望，那就无法摆脱大悲大喜——欲望得不到满足就会痛苦，欲望得到满足就会快乐。

有时，我希望自己能修炼到欲望全无、心如止水的地步，抛弃所有的激情，得到内心的宁静；有时，我又想让自己的欲望自由奔放，尽情地一一去满足它们，得到内心的快乐。我究竟该如何选择呢?

所有生命力旺盛的人都表现为欲望强烈,就像多数文学家、艺术家都是性欲超常的人,这一点尼采早就论述过,他原话是这样说的:"艺术家如果要有所作为的话,就一定要在秉性和肉体方面强健,要精力过剩,像野兽一般,充满情欲。"他还说:"艺术家按其本性来说恐怕难免是好色之徒。"性欲是生命动力,是艺术创作的动力,因此它成为最富于生产力的源泉,它是创作冲动的来源。这一点我们从毕加索的画、齐白石的画、王小波的小说、冯唐的小说中,都能看出来。

性欲是人类欲望中最典型的一类,除此之外,人的欲望还有很多种,例如食欲、领袖欲、爱欲、交友欲等。人的品性和特征千差万别、千姿百态,但是如果高度概括地划分,可以分为两类:一类欲望强烈,浓墨重彩,像水墨画中的大写意;另一类欲望淡薄,轻描淡写,像工笔画,心不静就根本别想画出来。我扪心自问,自己是前一类人,欲望强烈,渴望浓墨重彩的生活,所以我才会投身性研究,才会写小说,才会在中国画中偏爱大写意,才能为爱一个人弄得自己颠三倒四,如醉如痴。

在如何对待欲望的问题上,我现在想,还是顺其自然吧,有欲望,就让它自由地喷发,自由地宣泄。虽然我可能修炼不到心如止水的境界,但是我宁愿去过一种大悲大喜、跌宕起伏的生活。就让我的生命变成浓茶烈酒吧,因为如果它原本就不是白开水,我怎么修炼也是无法成功的。

理性与非理性

人性在理性与非理性之间徘徊往复，灵魂在理性与非理性之间挣扎。

当心在理性之中时，头脑清明，条分缕析，对于事情的原因、结果、好处、坏处全都了然于胸。不做傻事，不做疯事，不做做不到的事，不做没好处的事。即使做了开头也能戛然而止，悬崖勒马。即使像阮籍那样走到没路处，也还能知道大哭而返。理性的好处是按照最合理的途径做好一件事，在出现差错时能够及时纠正，保护自身，使得伤害最小化，利益最大化。

而当心陷入非理性之中时，上述的一切失效。把事情的原因、结果、好处、坏处在头脑中搅成一团，专做傻事、疯事，专做做不到的事，专做没好处的事。即使明知不可行还是一意孤行，八匹马也拉不回来。常常伤及自身，使得伤害最大化，利益最小化。

问题在于，人并不是总能保持理性的，而是会不时陷入非理性状态。这件事引起了福柯的兴趣，他专门研究了人的非理性状况，称之为"谵妄"。非理性状态的发生机制神秘莫测，很可能是科学无法解释的一种心理现象。福柯小时候居住的街区阁楼上有一个疯女人，引起了少年福柯的好奇，这段经历据传记作者推测跟他后来研究精神病现象不无关系，他甚至在精神病院工作过一段时间，写了一部关于癫狂的专著。

一般人的非理性到不了疯癫的程度，比如恋爱就是典型的非理性表现。如果理智清醒，人就不会陷入恋爱。在恋爱发生时，理性失控，非理性大行其道，整个人处于微醺状态，如醉如痴。这种状态对自身有很大的杀伤力，如果一切顺利还好，一旦受挫，就会对当事人造成重大伤害。因此可以这样说，当非理性得到期望的结果时，还不失为一件美好的事情，一旦碰壁就应当决然放弃，避免灾难性后果。这样做当然很难，因为非理性本身就已属失控状态，如果还是可控的，就还有理性残存。但是，即使如此，能够早放弃就早解脱，晚放弃就晚解脱。如果不想继续受折磨，只能毅然放弃。但凡人还有能力这样做的，就一定要这样做。这是摆脱非理性的唯一办法。

对于人性中理性和非理性的成分，我并不主张仅仅肯定前者，完全否定后者。理性固然好，能使人的生活井井有条，但是如果人一生没有过非理性的经历，未免也太乏味了，因为当人处于非理性状态时，往往更能真正体验到什么叫快乐。狂喜就是一个很贴切的词语，所谓狂，不就是非理性吗？人的一生如果没有体验过狂喜难道不遗憾吗？

心如止水，心如沸水

人是矛盾体。一方面总想超凡脱俗，心如止水；另一方面又无法摆脱对尘世的眷恋，心如沸水。我的生活就总是在这两点之间摇摆不定。

人生在世，常常要面对和最终要面对的就是这两件事，一是生，一是死。心如沸水就是生，心如止水就是死。

随着年岁渐长，各类欲望都在下降，心中越来越静，就快到了心如止水的境界。心中不再有对名利的追求，不再有跟其他人的竞争之心、攀比之心、妒忌之心，不再焦虑工作、事业、成就、声望，甚至不再关注自己的身材、容貌、头发、性欲，剩下的只是一片恬静、甘甜，就像舒适的、酣畅淋漓的沉睡，整个人变得像初生的婴儿，心中没有任何焦虑和波澜。这种境界已经接近死亡，死亡在我心中并不可怕,并不凄惨,它就像每夜的沉睡,区别只是在于它是无梦的沉睡,而且不再随每日的晨光醒来而已。

但是,值得庆幸的是,在这个年龄,我还有激情,我的生命力还像沸腾的水,翻着泡泡,喷着水花,发出欢快的"噗噗"声。我每天晚间早早睡下,清晨五点会自然醒来,在温暖柔软的床上稍稍赖一会儿床,然后起身打开电脑。查看邮件,给好朋友发信,道个早安。我已养成每天上午写篇千字文的习惯,多数是人生感悟,少数是给杂志撰写专栏。下午读书,晚上看碟,就这样度过忙碌、充实而又从容的一天。天天如此,月月如此,年年如此,直到生命的终结。

我对生命哲学有永不厌倦的激情,总是有很多感悟,喜欢克里希那穆提,喜欢奥勒留,喜欢叔本华,与他们有着强烈共鸣;我对美好的文学艺术有着永不厌倦的激情,觉得世上竟有如此美好的东西,而且是无边无际永远享用不尽的,每次打开一本书、放上一张碟,总是按捺不住喜悦的心情;我对朋友有着永不厌倦的激情,时时感到在人世中能够与这样美好的灵魂相遇,实在令人陶醉;我对创造美有着永不厌倦的激情,写几句诗,写篇散文小说,常常感到能够在尘世与如此超凡脱俗的美邂逅,实在是幸运。

我愿就这样面对生与死。在心如止水和心如沸水中循环往复,度过美好的一生。

小爱与大爱

尼采在某处将自己的著作比作一个深潭，人们只要把桶放下去，打捞起来的就是黄金和珍宝。他这个比喻并不夸张，还真是这么回事。

比如尼采说，以大爱而爱，以大蔑视而爱。

大爱就不是小爱。它与小爱的区别当是宏观与微观之别。爱一个具体的人是小爱，爱抽象的人类是大爱；爱一个单个的人是小爱，爱一个群体的人是大爱，比如爱一个社会，爱一个国家。此外，爱的对象也许不是人，而是某种事物，比如爱生命，爱世界。尼采虽然赞赏叔本华，但是并不完全赞成他的思想，例如，叔本华是悲观主义的，尼采却是乐观主义的。尼采爱人生，不喜欢"一切皆空"的说法，指其太过消极悲观。

大蔑视更是一种大气魄。如果人从宏观的角度看世界，看世事，看人群，看人生，则不能不蔑视，因为它们全都如此渺小，无足轻重。我理解，这种蔑视并不是看不起，并不是轻蔑，而是一种悲悯。悲悯人类生活得可怜，猥琐，压抑，不自由，不超脱。仅仅是活在必然的状态，无法进入自由的境界。说到底，大多数人只是活在必然之中，从出生到死亡，只是像陀螺一样，被一种无形的力量拨一拨，动一动，从来没有享受过自由的存在，精神的飞翔。

尼采的大爱之爱、大蔑视之爱，才是值得追求的人生高境界。

一般来说，每个人的情感和关注只能给予身边的少数人、熟人。能把情感和关注给予很多人和陌生人的是理想主义者，是比较高尚的人。一般人只有小爱，理想主义者的爱是大爱。

特蕾莎修女的爱是大爱，她终身从事慈善事业，帮助那些穷人，那些处于困境的人。

雷锋的爱是大爱，他给陌生的灾民寄钱，帮助他们。虽然他寄的钱比起李嘉诚、邵逸夫捐的在绝对数目上差得远，但是相对于自己财产的比例却比后者大得多。从大爱的角度看，跟后者是一样的。

袁隆平的爱是大爱，他花费自己的生命，培育出高产的稻子，为许多陌生人果腹，使他们的生活质量提高。

曼德拉的爱是大爱，他宽恕了那些折磨过、迫害过他的人，他的爱是那么广博，甚至包括了他曾经的敌人。他的爱弥合了整个社会人与人之间的隔阂。

秋瑾的爱是大爱，她为了中国妇女的解放，为了中华民族的进步，在风雨如晦的日子献出年轻的生命。

有的人心怀天下，关注宇宙苍生；有的人心胸狭窄，只顾身边琐事。前者比后者快乐，因为不会被身边琐事烦扰；前者比后者浪漫，因为后者只有现实主义；前者比后者高尚，因为他们有理想主义。

5
CHAPTER
人生而自由

自由地去做自己喜欢的事情，
自由地去爱自己喜欢的人，
自由地选择自己喜欢的生活方式，
这就是我的人生宣言。

如何获得自由

人生而自由,却无往不在枷锁之中。这真是至理名言。

枷锁首先是你出生的家庭及其社会地位。中国人爱说"投胎",好像人之初不是一个小小精子进入卵子,经过一系列细胞分裂出生为人,而是早就是个无形的人,整个投入母体,又整个生了出来。无论人是无中生有,还是无形变有形,出生在什么样的家庭是无法选择的,生在帝王家的一生享乐,生在百姓家的一生辛劳,没得选择,没有自由。所谓自由,就是随心所欲,但是无论一个穷人多么想有钱,他还是没钱,这就是不自由。

枷锁其次是你的身体状况。有人健全,有人残疾;有人漂亮,有人丑陋;有人强壮,有人孱弱。这也是天生的不平等，不以人的意志为转移。生出来是啥模样就是啥模样，没得选择，没有自由。无论一个丑八怪多么想漂亮，他还是不漂亮，这就是不自由。

枷锁还是你的智力状况。有人聪明，有人愚笨；有人颖悟，有人懵懂；有人一点就透，有人百点不透，像糊涂油蒙了心。学文科的人人都希望自己像萧伯纳，学理科的个个都希望自己像爱因斯坦，可惜人生出来是啥智商就是啥智商，没得选择，没有自由。无论一个笨伯多么想变聪明，他还是不聪明，这也是不自由。

既然先天的条件无法选择，无法改变，人还有没有可能获得自由呢？有，那就是在那些可以选择的事情上自由选择，或者说选择自由。

人不可以选择出生的家庭，但是可以选择自己组建的家庭，可以选择自己的生活方式。一个穷家女可以选择嫁入豪门（只要你真能嫁得成），一个穷小子也可以选择娶个富家千金（只要你真能娶得上）。两个社会地位不同的男女可以选择爱情，置双方的社会地位和条件于不顾。当然，社会上实际发生的婚姻大多数还是门当户对的。这里，自由选择的定义就是随心所欲，正好是自己心里最想要的，得到了，就是自由的；不是自己想要的，硬着头皮捏着鼻子在一起过，就不是自由的。自己想要的得不到怎么办？要自由大不了就一个人过，强过跟自己不想要的人一起生活，因为那就丧失了自由。

人不可以选择自己的身体条件，但是可以选择自己的生活方式。长得丑可以选择不看长相的职业，其实有些演员长得也不好看，但是不妨害他们做个好演员，其他行业就更无障碍了，多少政界商界翘楚都是其貌不扬的，而且个子往往还都很矮，可能是平日思虑过度。但是无论美丑妍媸，用其所长，避其所短，就可以达到随心所欲的自由境界。

人不可以选择自己的智力条件，但是可以选择适合自己的生活方式。上不了清华北大可以去上中专技校，学个厨艺、美容、计算机什么的，照样可以做自己喜欢做的事情，过美好的生活。也不见得做个厨师，生活就一定比做个公务员不快乐。只要做的是自己喜欢做的事，过的是自己喜欢过的生活，就是自由，即使只是个厨师；如果做的是自己不喜欢做的事，过的是自己不喜欢的生活，就是不自由，即使是个大官。

总而言之，人生在世，虽然周围尽皆枷锁，但是人完全可以挣脱这些枷锁，过上自由的随心所欲的生活。而要挣脱这些物质枷锁，首先要挣脱的是精神枷锁，要有向往自由之心，并且要有争取自由的勇气，有了愿望和勇气，就勇敢决绝地去选择自己喜欢的生活方式和人际关系，放弃自己不喜欢的生活方式和人际关系。虽然这些抉择并不容易，但是一旦这样去做，就能够获得自由。

自由与必然

尼采说:"那里一切时光在我皆觉得是'顷间'的幸福的讥嘲,在那里'必需'即是'自由'本体,幸福地与自由的芒刺相嬉娱。"在永恒的时间面前,片刻的欢愉是很可怜的。人应当努力达到必然即自由、自由即必然的境界。也就是孔子所谓的"从心所欲不逾矩"的境界。一般人只活在必然之中,即他只能如此。而人生的化境是活在自由之中,一切的必然恰好是自己的自由和随心所欲。

从人存在的刹那来看,时间和空间都是无限的。其实最近天文学家发现宇宙是有限的,时间和空间都是有开始和有终止的,比如,地球就只能存在 50 亿年。当然,对于一个生命个体来说,它已经足够长了,几乎就像无限的。在人来到世界之前和离开世界之后，个体并不存在。而在存在的约百年间，人很少能够到达自由的境界，只是活在必然之中。无论是周边的环境和人，还是自己做什么样的人、做什么样的事情，几乎都在必然之中。马克思就说过，人的本质是他的社会关系的总和。就连人的本质都是由他所处的环境形塑的，人哪里有什么自由？

尼采所描述的必然即自由的境界乃是人生的化境，到达了那个境界，必然与自由融为一体，快乐地嬉戏，二者你中有我，我中有你，你即是我，我即是你，好不快活。

是自由已经被改造为必然了吗？是因为已经活得足够长之后人懂得了规矩，把规矩都深深内化为自己的本质，所以以为它就是自己的自由了吗？就像孔子所说的既随心所欲又不逾矩了吗？这就是人生的化境了吗？我认为还不尽然。并不是说，人按照必然改造了自己，然后就获得了自由，而是人按照自己内心的需求选择了环境，甚至在某种程度上创造了环境，然后获得了随心所欲的自由。

举例言之，一个同性恋者冲破习俗要求跟异性恋者结婚的必然，选择了跟自己的同性恋人同居，他就获得自由，而这种自由和符合内心需求的生活环境是他选择的结果，是他根据自己内心的需要创造出来的。再如，一个人想过孤独的生活，所以他选择了不结婚和不生孩子，于是他就免除了自己养家和抚养孩子的劳务，过上了自由的单身生活，他的自由的生活是他自己选择和创造出来的。

人生在世，大多数情况下只能生活在必然之中，但是应当存自由之心，抱着争取自由的愿望，在所有能够选择的情况下，按照自己真正想要的样子去选择，这样就增加了获得自由的机会，有可能达到尼采所描绘的自由的化境。

自由与选择

在社会当中，一般的人际关系都符合某种特定的模式，形成了一些特定的习俗，例如婚姻制度、家庭制度、亲情、友情、爱情，亲人、朋友、情人。世上绝大多数的人和绝大多数的人际关系都符合这些模式，人在其中生活，如鱼得水，乐此不疲，终生不渝，从未感觉到有超出这些模式的必要。

但是人不一定非遵循这些模式不可。如果有必要建立不符合模式的关系，比如亲情加爱情的关系、友情加爱情的关系、亲情加友情的关系，或者三者加在一起的关系，也不妨一试。有时，人会遇到一种完全无法归类的关系，既非亲情、友情，亦非爱情、婚姻，兼而有之，兼而无之，说不清道不明，也不妨一试。

有很多爱情，在激情过后，转变为亲情，爱人转变为亲人，所有曾经发生过激情的关系，如果想长期维持，这种转变几乎是不可避免的。有些友情转变为爱情，爱情转变为友情，两人的关系于是转变为半爱人半友人的关系，这也是有可能的。亲子之间像朋友一样相处，在一些人之间也很自然，在兄弟姐妹之间，除了是亲人也是好朋友的关系也是有的。在有些关系之间，是一种亲情、友情和爱情的组合、掺和，这种微妙的感觉也不是完全没有可能发生的。

总之，人生在世，没有必要压抑自己的真实感觉，硬生生地把自己塞进一种固定的关系模式中，进入约定俗成狭窄逼仄的空间中去，完全可以让自己的心随意徜徉。譬如，如果对某位朋友产生爱的感觉，也不妨去爱，没有必要做排他选择：如果做朋友就不能有爱，如果产生了爱的感觉就连朋友也不能做了。因为所有的人际关系规则都是人定的，并没有理由要求所有人绝对遵从。

做一个自由的人，需要在必要时有挑战规则的勇气。打破规则，人才能获得真正的自由。

在打破规则方面，法国文学巨匠尤瑟纳尔是一个特立独行的榜样。她厌恶法国人把爱情变成一种固定的程式，比如结婚，生孩子，在某个年龄，在某种性别之间。其实爱情完全可以不是这个样子，可以更加自由奔放，更加随心所欲。

她本人与一位热爱她的女人共同生活了40年，几乎就是终身，在美国乡村的一所小房子里。她的一生不可谓不成功、不快乐，她是法兰西学院第一位女性院士，她的小说成为文学经典。她的生活方式的最大特点就是自由。

人们一般会认为，人只能按照某种规定的模式生活，比如男大当婚女大当嫁呀，嫁鸡随鸡嫁狗随狗呀，男人只能爱女人呀，最好保持终身呀，如此等等，不一而足。习俗的力量是很专横的，如果自身的欲望正好符合习俗，一切看去甚至是出于自由的选择。多数人正好符合习俗，要不习俗也不会成为习俗。

但是，如果一个人喜欢的不是异性，而是同性，他就会感受到压抑；如果一个人不想结婚，不想生育，他就会感受到压抑；如果一个人想同时去爱几个人，他就会感受到压抑。习俗成为限制人的自由的专横力量，人就会感觉到不自由。

福柯说，人其实比自己想象的要自由得多。也就是说，当我们感觉到不自由的时候，实际上仅仅是由于我们屈从于习俗，我们完全可以不这样做，而去选择一种自由自在、随心所欲的生活。

自由地去做自己喜欢的事情，自由地去爱自己喜欢的人，自由地选择自己喜欢的生活方式，这就是我的人生宣言。

自由与掌控

人一定要完全掌控自己的生活，如果还有不能掌控的地方，他就生活在必然状态；只有完全掌控，才是生活在自由状态。

与做事交友相比，最不容易掌控的是自己的身体，因为身体有遗传等先天因素，比如先天残疾，某种先天疾病的基因。但是即使摆脱不了先天的因素，后天因素还是可以掌控的，比如生活的规律、饮食、运动和心情。有人说癌症是精神疾病，也许太忽略先天因素了，但是此话有一定道理。"尽人事、听天命"是人对待自己身体的办法。如果不尽人事，比如用抽烟酗酒来戕害身体，用成天郁郁寡欢来戕害心灵，那就是自己的不是了。

在做事方面，先天的因素就小多了，但是也不能说没有，比如智商就是先天的，智商高可以考上大学，智商低考不上，生活道路和一生能做的事情就不会一样；再如有没有某种才能也有先天因素，有人天生不能当领导，有人天生不能做生意，有人天生不能写作，硬要去做，就会陷入失败的境地，失去对自己生活的掌控。但是大致按照自己先天的条件，选择自己能胜任且让自己感到愉快的事情去做，不做不适合自己的事，不做自己不喜欢的事，还是有选择余地的。为了能够掌控自己的生活，一定要选择最适合自己的事去做，选择自己最喜欢做的事情去做。这样，即使做不到极致，也能享受过程，还是可以有掌控自己生活的感觉的。

在人际关系方面，先天的因素就更小了，除了亲人和从小生长的环境不能选择之外，其他纯粹出于自己的选择，主要是爱情和友情的选择，爱人和朋友的选择。要想掌控自己的生活，就应当只选择自己能够爱和喜欢的人交往。因为自己喜欢的人才能给自己带来快乐，不喜欢的人只能为自己带来痛苦和伤害。要让自己常常保持好心情，得到人间的挚爱和发自内心的喜欢，就一定要择枝而栖，而不是随便见到一个地方就落下来。

对身体、工作和人际关系的完全掌控是人获得自由的必由之路，也是人能够享受自己人生的唯一办法。

论生命之美好与自由的关系

热爱生命。它是多么美好的一件事。在世间万物当中,唯有人的生命是能意识到自己存在的,有喜怒哀乐爱恶欲的。其他事物也可以是美好的,比如一朵花,一只小鸟,一块岩石,但是最美好、最值得眷恋的还是人的生命及意识。花儿在春天绽放,小鸟终生觅食,岩石默默承受风吹雨打,只有人及其意识可以选择,可以自由自在。换言之,世间其他的存在只是必然,唯有人的生命和意识是自由的,它可以不为环境所决定,可以自由奔放。

虽然人的一生也要受到环境的影响和限制，但是那种影响和限制不是绝对的，人可以选择。人可以选择过什么样的生活，例如可以选择富裕的生活，也可以选择清贫的生活；可以选择结婚，也可以选择单身；可以选择忙碌，也可以选择悠闲；可以选择热闹，也可以选择孤寂；可以选择快乐，也可以选择痛苦。

每当想到宇宙的浩瀚和生命的短暂，就不由趋向于精神和身体的自由奔放。在这短暂的、残酷的一瞬，没有任何理由可以拘束生命，压抑它的自由。压抑的一生也是一生，自由奔放的一生也是一生。所以没有理由不自由奔放。

自由就是选择。选择就是自由。当我们出于自由意志做出选择时，我们就是自由的。不做选择，任由环境和他人来决定自己怎么做，怎么想，那就是不自由的。世界上有些人不愿做选择，不会做选择，只是任由环境、他人和际遇来决定自己的命运，这样的人就比较接近一朵花、一只小鸟和一块岩石。而越是积极选择的人，越是接近于生命的巅峰状态，越是自由。

参透的人是自由的人，不是必然的人。当人仍旧活在必然中时，他的所作所为、所思所想都是由环境决定的。而当人参透一切之后，即看穿了世界和人生之后，他就自由了。他的所作所为、所思所想不再受环境的约束，有了大量的偶然性，大量的突发奇想，随心所欲。这就是生命的自由意志。

生命的美好源于其自由。一个美好的生命一定是自由的。只有永远追逐自由的生命才是美好的。

信仰的功能及替代品

网上曾流传着所谓希拉里唱衰中国的讲话,其中讲道,几十年后中国会成为世界上最贫穷的国家,因为移民把钱都带走了;还讲道,中国人是世界上最可怕的人,因为没有信仰,没有内心约束,所以什么坏事都能做得出来,不会觉得内疚。许多人分析这番讲话是假的,因为一位外国政要不会这样不含蓄地批评另一个大国及其国民。不管此话是真是假,其中关于信仰的说法还是值得认真思考一下的。

中国没有国教是事实,有人说儒教可以算中国人的信仰,但是它远未达到基督教在西方国家中的地位,而且严格地说,它也算不上一个宗教。没有宗教不一定是一个民族衰落的原因,中华民族在没有普遍信仰的宗教的情况下繁衍传承几千年，中华文明成为世界上唯一从未中断的文明，就是一个确凿的证据。

另外，世界历史表明，不同宗教派系的冲突为这个世界带来很多战争和灾难，人们因为信仰的不同而相互杀戮、讨伐。古有"十字军"东征，今有非洲的部族仇杀，都是宗教信仰惹的祸。没有普遍宗教信仰的中国倒是比较和平的，至少基本上不向外侵略，内部的纷争和杀戮也大都是因为争夺王位，少有因为宗教信仰的不同。如此看来，有宗教信仰不一定是好事，没有宗教信仰也不一定是坏事。

然而，没有宗教信仰对于一个民族来说的确有点儿问题，那就是宗教信仰的两大功能不起作用，只能靠世俗的有相同功能的机制来替代。宗教的两大功能一个是为人生提供意义，另一个是提供对人类行为的内心约束。基督教提供天堂信仰，人以为死后能够上天堂，就觉得自己的生命是有意义的；宗教极端主义者利用教义煽动信徒参加"圣战"，说是可以提前上天堂，那些人肉炸弹也会觉得自己的牺牲是有意义的。基督教又提供地狱的警告，人想做坏事的时候会因为害怕死后下地狱而有所克制，即使不会被人抓到，也会随时感觉到上帝之眼的监督。因此，陀思妥耶夫斯基会说：如果没有了上帝，岂不是什么坏事都可以做了？

虽然没有普遍的宗教信仰，中国文化对于宗教的这两大功能还是有替代机制的，不然也不会五千年生生不息。中国人不信天堂地狱，灵魂不死，但是中国人用祖先崇拜取代了这一功能，让自己在后代的身上继续存在，来解决人生意义的问题。自己的生命会在后代的生命中延续，在这个信念之上，中国形成了家庭本位的文化（相对于西方的个人本位的文化），祖先崇拜、传宗接代、香火继承为中国人提供了人生的意义。这一世俗信念不仅使得中国文化绵延不绝，而且使中国成为世界第一人口大国。

至于宗教的内心约束功能，的确是比较难办的，不然也不会出现那么大规模的信用危机：一些人会抱着只要不被人抓到就可以做坏事的心理，使假冒伪劣产品层出不穷，食品安全成为一个全国性的大问题，因为一些人会毫不犹豫地为了蝇头小利造假，会不会吃死人完全不在自己的考虑范围内，吃死人也不会内心愧疚，只是遗憾自己不够谨慎被人抓到了。大家都在抱怨食品监管部门工作不力，其实背后的逻辑是道高一尺魔高一丈，防不胜防。既然没有宗教对人类内心的约束，就只能靠提倡世俗道德和法律监管这两个办法了。几千年的社会秩序是怎么维持下来的？在正常年景，中国社会并没有陷入人们互相戕害天下大乱的局面，靠的是世俗的道德和行为规范的约束，仁义礼智信，以及法律对犯罪行为的制裁。

总之，没有宗教信仰的民族也不一定是一个毫无希望的民族，没有宗教信仰的人也不一定就是很可怕的人。生命的意义可以由哲学家和世俗信念来提供（很多哲学家，如存在主义哲学家提供的信念是生命根本没有意义，这个道理想明白了也没什么太可怕的），对行为的内心约束可以由世俗的道德来提供。中国这样过了几千年，我们的民族还不是好好的？所以，用不着那么危言耸听，我们可以理直气壮地继续做个无神论者，而不必全体去皈依什么宗教。

参透与成佛

据说佛教认为，只要认真修行，人人可以成佛。我猜想，所谓成佛应当是象征意义上的，而不是实质意义上的。因为一个人成佛与否无法证实，缺乏实验手段和测量方法。所以说，一个人是成佛了还是没有成佛，只能是象征意义上的一种判断。

那么，成佛如何定义呢？换言之，当我们说，这个人已经成佛，或者说，这个人尚未成佛，指的是什么呢？我想，成佛一定指的是参透了佛学的道理，比如四大皆空，摈弃世俗的各种欲望，人生无意义之类。我虽然不尽同意杨振宁所说的"佛教是科学"（它至多只能说是一种科学假说，其中有些内容已被科学研究验证，比如河外星系和水中有虫；有些内容并未得到验证，比如"地狱说"和"六道轮回说"），但是我认为佛教对宇宙和人生的看法可以说是基本正确的。我说"基本正确"主要是指那个"空"字：宇宙是空的，人生是空的，这是一种十分透彻实在的看法，与事实相符。

那么，人如何才能成佛呢？成佛必须参透。然而，参透只是成佛的必要条件，还不是充分条件。换言之，只有参透才可成佛，可即使参透也不一定能够成佛。要想成佛，除了参透之外，还要靠修行。

人要想成佛，恐怕要做两个方面的努力，一方面是在精神上参透道理，对于佛教的宇宙和人生道理完全理解、认同，当然，主要就是"空无"这一道理；另一方面是在实践中、行为中、肉体上按照参透的道理修炼到无欲无求的境界。人只要还有世俗的、肉体的欲望，就无法成佛。这里存在一个悖论：食色性也，人只要活着就会有食欲和性欲，怎么能够做到完全摈弃一切欲望呢？即使性欲可以摈弃，摈弃食欲就会死掉，没有活人能够做到的。可是如果不摈弃一切欲望就无法成佛。照此推理，没有活人能够成佛。

也许解决的途径是：该食食，该色色，只是摈弃过分的欲望，同时不断在精神上想着佛教的道理，也就是不断修禅。如此行走人生，到生命终结的时候就能成佛（当然，仍旧只能是象征意义上的）。

世俗修行的三个目标

一提修行，人们就会想到宗教实践，佛教的修行，基督教的修行等。那么无神论者怎么办，无法修行吗？不需要修行吗？

就在最近的几十年间，人类才最终搞清了宇宙的真实状况，所有的宗教都顿失依据，对宇宙和人生的无神论认知是唯一清醒正确的认知。这一点已经即将成为全人类的共识。

没有了神，人更需要修行，完全世俗的修行。修行就是人的精神生活的同义语。人生在世怎能没有一点儿精神生活？

修行应当包括这样几项内容。

首先，对宇宙和时间的清醒认识。

基本的事实也许就是：宇宙出现（数万亿年前）——恒星时代出现——地球出现（50亿年前）——人类出现（300万年前）——人类消失（50亿年后）——地球消失（50亿年后）——恒星时代结束（100亿年后）——宇宙消失（数万亿年后）。时间也会最终终结。修行的第一个目标就是能够接受这个事实，而且内心平静地接受这一事实。这是很不容易做到的。因为这个冷酷的事实给每个稍有敏感度的灵魂带来的，一开始都是抓狂的感觉，渺小至极的感觉。因此，既接纳这一事实，又获得内心平静，是修行很难达到的一个目标，有些人需要一生的时间才能达到这个目标，有些人终其一生也达不到这个目标，也就是终其一生也无法获得内心的平静。

其次，对人生的清醒认识。

人生相对于宇宙的浩瀚，只是短暂的一瞬，而且从宇宙的角度看是完全没有意义的。要清醒地认识到这一事实，而且在内心获得平静，这也是很难达到的目标。很多人用不去想这个问题的办法来逃避，用把自己灌醉的办法来逃避，用让自己繁忙无暇顾及的办法来逃避，就是不想或者无法面对人生的无意义。许多出家人是与这个问题正面相对的，不逃避的。世俗的修行者就是要既过世俗的生活，又像出家人一样与这个问题正面相对。这就形成了一个悖论：既然无意义，为什么还要做任何世俗的事情？而这恰恰是世俗修行需要解决的问题。解决了，修行的这一目标就达到了；没解决，就没达到这一目标。

很多人在世间做事仅仅是为了谋生，其实多数人都是如此，他们没有遇到为什么要做事的问题；少数遇到了这一问题的人是已经解决了生计问题而不需要做任何事的人。因此，这个问题对于后者比对于前者更尖锐，更紧迫，更赤裸裸地呈现出来。修行的第二个目标就是要既接纳人生最终无意义的事实，又获得内心的平静。

最后，精神的平静和喜乐。

面对宇宙的浩瀚和人生的渺小，世俗修行的第三个目标就是要获得精神的平静和喜乐。如果说平静已经是一个难度极大的目标，喜乐的境界就更加高不可攀。平静是通过节欲就可以获得的，喜乐却是真正意义上的纵欲之后才能到达的境界。

人活着有各类欲望，食欲和性欲是其中最基本的欲望。节制食欲和性欲，可以获得内心的平静，但是并没有喜乐在其中。精神上的喜乐需要完全的随心所欲，自由自在，让人的各种欲望自由宣泄，自由奔放，让精神自由飞翔，在短暂的人生中，去发现美与爱，去欣赏姹紫嫣红的自然之美，去享受千姿百态的人工之美，去爱上一朵美丽的花，爱上一只可爱的小动物，爱上一个美好的人。在欣赏和爱的过程中获得精神上的喜乐。

人生只有短短的几十年时间，我准备在这段时间中不懈修行，不眠不休，直到人生终点，在修行中走完人生之路。

具象的修行与抽象的修行

宗教讲究修行，无神论者难道就不需要修行？基督教有修道院，佛教有寺庙。忏悔，祈祷，早课，晚课。无神论者怎么办？可以有世俗的修行。

无论是宗教的修行还是世俗的修行，内容不外思考生命，检讨行为，提高精神境界。修行的内容可以大致归纳为两个向度：一个是具象的，一个是抽象的。

具象的修行内容是检讨自身的所作所为。不可以害人，这是最起码的要求；洁身自好，认真地对待自己现世的责任和义务，这是高一层的要求；能够帮助他人，服务社会，增进社会福祉，这是更高的要求。在世俗的修行中，由低到高，守住道德底线，适度地谋求自身和家人的福利，进而能够服务于社会，做一个守法的人，一个好人，一个高尚的人，这都是世俗修行的题中应有之义。

具象的修行可以用来疗伤。人在世间摸爬滚打，身心常常会受到伤害，此时需要静下心来，想一想自己做事的意义、方式，想一想为什么会受伤。想透了，伤害就容易平复；想不透，伤害就无法摆脱。

具象的修行还可以用来纠错。金无足赤，人无完人。在世间行走，总会做错事。此时需要认真反省，想一想为什么会犯错，应当如何纠正弥补，避免重蹈覆辙。

抽象修行的主要内容应当是思考生命的意义，个体生命在宇宙间的位置。与宗教相信前生后世、死后有灵、天堂、地狱不同，无神论认为这些均不存在，所以生命追到最后并无意义，人自身在宇宙间也非常渺小，微不足道，就像沧海一粟，虽然能存在百年上下，其实与蜉蝣之朝生暮死区别甚微。既然如此，为什么还要活着？该如何活着？这就是世俗修行要思考的重大问题。想透了，修行就成功了；没想透，修行就失败了。

抽象修行最主要的做法是哲思，对人生和宇宙做哲学的思考。要彻底想清楚人在宇宙中的位置，以此来确定自己在人生重大关头的选择。要选择最适合自己的事情去做，要选择自己最胜任的事情去做，要选择自己最能享受过程的事情去做。

抽象修行的最终目标还是关注和接纳存在本身。接纳存在之偶然，存在之无意义，存在之空无。存在本能地规避偶然、无意义和空无，不愿意承认，害怕存在仅仅如此。而修行的成功与否就是看能不能把这个残酷的事实接纳下来，非但不会因此陷入抑郁之中，反而能够活得平静、快乐、安详。

修行的最终目标是提高自己的精神境界。与宗教的臣服于神灵不同，世俗修行的最高精神境界是自由。人在没有修行之时，处于必然之中，在修行成功之时，处于自由状态。人在处于必然之中时，一切都是给定的、被动的，是外界强加到自身之上的，自身只能做出直接应对，兵来将挡，水来土掩；当人到达自由境界时，一切都不再是给定的，而是主动寻求的，是按照自身的自由意志施行的。前者是被束缚的，后者是无拘无束、自由飞翔的。正如孔子所说的"从心所欲不逾矩"，这位几千年前的智者这样描述了世俗修行成功的自由境界。

我的修行

自从最近几十年间人类最终了解了宇宙的起源和发展过程,所有的宗教都丧失了依据。人将赤裸裸地面对宇宙的空旷和人生的荒芜。在这彻底世俗化的时代,我们还要不要修行?修行的目标是什么?修行的内容是什么?这是摆在每个清醒的人面前的大问题。

修行是对人生意义的不停的追问、思考、践行。人怎么能够不追问这个大问题?如果不追问,岂非行尸走肉?因此,人不得不修行。

修行的目标就是找到人生的意义,找到此生最值得去做的事情,并且去做这件事情。

当我们已经明明知道人生最终无意义之时,为什么还要徒劳无功地去追寻意义？答案在于，人生无意义这一论断只是宏观的论断，是整个人类及其活动在宇宙中的定位；从微观的角度看，每一个人的生命还是有意义的，对他自己有意义，对周边的人有意义。

对于个人来说，人生的全部意义就是快乐而充实地度过每一天，好好享用自己这几十年的光阴和生命。

对于我来说，生活中最值得追求的是美与爱。这是我最想用自己的生命去做的事情，是最值得去做的事情，也是对于我自己的生命最有意义的事情，最有趣的事情。因此，对于我来说，追求美，享用美，创造美，追求爱，享用爱，创造爱，就是我的修行。

当人静心修行之时，住宅仿佛变成了山洞，自己不再是一具简单的肉身，而是面壁的修行者。物质生活变得不再重要，人仿佛变成了一团精神。

修行时，人更贴近了生存的本真状态，人没有了欲望，没有了杂念，没有了心灵的纷乱和困扰，进入了一个纯净的存在状态，这个状态无限地接近不存在，也就是生之前和死之后的状态。

修行时，人有了一种俯瞰的视角，俯瞰世间万事万物，就像造物主看人间世，人的七尺之躯全都变成小蚂蚁和肉虫子，在不知所以地忙碌和蠕动，最后不知所终。

人会有走出洞穴的冲动,那就是去做点儿使自己感到享受的、为自己带来快乐的事情。人会时不时走出修行的洞穴,然后再回到洞穴之中,尤其在受伤和烦恼的时候,应当回到修行的洞穴之中,疗伤,摆脱烦恼。

其实,整个的存在就是一次从洞穴中的出走,最终人还是会回归洞穴。

6
CHAPTER
倾听心底的声音

心情平静无比,优雅无比,
每日审美,如果有可能,
去创造一些美出来,
这将是人生修炼的最高境界。

我心追随梭罗

自从读了《瓦尔登湖》，我的心就穿过百年的时光和整个地球直径那么遥远的距离，与梭罗一同生活在瓦尔登湖了。我开始喜欢那里的恬静、荒蛮，并越来越厌恶市井生活的喧嚣和嘈杂。

梭罗当年在瓦尔登湖，每天与植物动物为伍，用诗意的笔触记录自己的生活和思想，他的存在以一种赤裸裸的方式显露出来：一天又一天，一小时又一小时，他全神贯注于他之存在本身，心无旁骛。在某一天的日记里他这样写道："我现在开始过某年某月某日这一天。"这句话再平常不过，但是细细体味，却是充满诗意和存在感的一句话。世上有几个人像梭罗这样怀着如此郑重其事的心情对待自己的生命呢？跟梭罗相比，我们又有几个人真正在这个世界上活过呢？

当我们在靠近市井的地方生活时，首先令人烦恼不已的就是满耳的噪声。有些地方，小商贩用手提扩音器不停地聒噪着：修煤气灶，修热水器，修油烟机；磨刀人用一串铁皮穿起的器具不断摇出一串串单调的金属撞击声；不远处汽车驶过，不断发出催促挡路者的不耐烦的鸣笛声。最令人痛心疾首的是，夜深人静时，突然有一阵爆竹声在耳边炸响，惊得人心悸不已，睡意全无。

当我们在靠近市井的地方生活时，令人更加烦恼的还有满眼的丑陋。有些地方，临街敞开的杂货店、小餐馆、小旅店像一条条横陈的死鱼，肚肠无遮无挡地流了出来，尽情展示它们的丑陋；菜市场里的小贩，戴着油腻腻的皮围裙，摆弄着各种动物尸体，油渍麻花，血丝糊拉；即使稍宽阔的街道两旁也多是一些毫无建筑美感的平庸丑陋的建筑，一些用水泥和砖头粗制滥造出来的方块匣子，大多饰以毫无美感的招牌，无论是形式还是内容，令人不忍卒视。

当我们在"黏稠"的人际关系中生活时，更是要忍受令人心惊肉跳的琐碎和丑陋。不要说挖空心思，钩心斗角，羡慕嫉妒恨，就是那种视而不见、听而不闻的冷漠也让人心中无法平静。美好的情感和美好的感觉是那么稀少，如果不细心和执着地发掘、追索，简直就很难见到。多数人际关系都是交换的，应酬的，不得不为之的，发自内心的喜爱和愉悦如凤毛麟角。看看互联网上你微博的跟帖就可以知道人在匿名状态对他人的真实感觉：憎恶，仇视，嫉妒，恨人有笑人无，其恶心和恐怖的程度达到人类想象力和容忍度的极限。

相比之下，梭罗的生活是天堂，他天天生活在大自然的静谧和美好之中，远离尘世的喧嚣和丑陋，自得其乐。他耳中是婉转的鸟鸣，眼中是赏心悦目的花草树木、湖泊山影，呼吸的是沁人心脾的甜丝丝的带着草木味道的清冽空气，陶醉在大自然的美好和纯净之中，心里的念头全都是生命的欢欣和惊喜，对自己能够生而为人这样一个宇宙间的小小奇迹感到欢欣和惊喜。我如何能够不向往他的生存方式？我的心又如何能够不跟随着他去瓦尔登湖呢？

摆脱纷繁世事

躲到三亚海边，在楼下散步时，常常会听到婉转的鸟鸣，但是从清晨开始，还是可以听到不远处传来打桩机咣咣的打桩声，电锯刺耳的切割声，远处汽车行驶的声音，各种噪声蛮横地钻入耳膜，就像纷繁的世事强行钻入人静谧的生活。

人生最美好的时光是可以摆脱纷繁世事之时，没有会议，没有采访，没有电话，没有电邮，彻底安静。我现在已经快达到手机一天也不响一次的境界，当初为什么就没有决心像李零那样根本不要手机呢？

人生在世，完全不理世事是不可能的，除非选择出家的生活。每当在佛教圣地见到那些面无表情的出家人，觉得自己并不喜欢他们的生活方式，原因一是不自由，二是要牺牲掉一些世俗的享受，而这两种东西对我来说都是非常重要的。只有超凡脱俗这一点是可取的。于是我想到，能否选择一种既自由自在又超凡脱俗的生活方式呢？答案已找到：这就是我现在的静修生活了。

我喜欢目前的生活方式。每天过着幽静的精神生活，听听室内乐，随心所欲地写点儿什么，看看书，看看电影，偶尔与朋友聊几句天。物质生活取极简风格，几乎可以忽略不计。

那天跟一位朋友聊天，她说的话引我深思。她说：那些贪官搞几个亿干什么用啊，自己用不完，留给子女把子女也害了，因为他们除了享受什么也不会了。我由此联想到一般人，很多人在拼命挣钱，专心致志，不眠不休，最后到老了才猛然醒悟：一辈子就这么过去了，还没享受生活呢。挣钱从手段变成目的了。一位做生意的熟人说，做生意会上瘾。何止是做生意会上瘾，很多俗事都会上瘾，比如做官也是会上瘾的，升了处长还想升局长，升了局长还想升部长。难道这就是生活的目的？难道人不需要精神生活？

在静修生活中，感受到人生的宁静和甜美，就像刚泡好的铁观音，一丝清香沁入心脾；就像室内乐绵延不绝的旋律，春雨一样滋润着心田。

修行就是为欲望设限

人修行的目标之一就是同生死,在自己的心中将生死的界限修炼得模糊起来,生即是死,死即是生。佛教的修行恐怕就是如此,作为一个世俗之人,也可以做这样的修行。但是,这个境界不容易达到。

人生的所有痛苦全都来自欲望。社会学大家韦伯早就把人的主要生存动力概括为三个东西:金钱、权力和名望。社会就按照这三个东西划分阶级和阶层,富人和穷人是两个阶层,有权者和无权者是两个阶层,有名者和无名者是两个阶层。当然这个两分法只是两个极端,社会人群并不是非此即彼划分的,而是从最富到最穷的一个色谱样分布;从最有权到最无权的一个色谱样分布;从最有名到最无名的一个色谱样分布。这个分布并不是均匀的,而是统计学所说的正态分布(两头小中间大的分布)。

正因为在这三种资源上,社会呈两头小中间大的正态分布,人们才备受刺激,才羡慕嫉妒恨,才拼命去争夺这些资源,而社会在人们对这三种资源的争夺中发展和进步:因为要变得有钱,人们才努力劳作,拼尽体力,绞尽脑汁,而在人们的竞争中,经济发展起来。如果无论怎么努力也不会变得有钱,人们就会丧失工作的动力,这就是公社时期农民都不爱种地和大锅饭时期工人都不爱做工的原因。有些人考公务员,拼命把工作搞出成绩,也很希望官做得大些,再大些。与此同时,各项公共服务发展起来。有些时候,因为想出名,作家才写小说,演员才表演,画家才画画,音乐家才作曲。于是我们才有好小说看,有好电影看,有美好的画作和音乐供我们欣赏。

从宏观角度看,社会就是在人们对钱、权、名的激烈竞争中不断地发展起来,实现了良性循环的,只要强化竞争规矩,使得人们能够在一个公平的赛道上平等竞争,就不会出现大问题。在完全实行公有制的时代,实际上就是取消这个竞赛,所以人们变得无精打采,经济也停滞不前。改革开放之后,加入了私有成分,人可以通过自己的努力变得有钱,于是社会生活一下子就活泼起来,经济也快速发展起来了。

在我们这代人年轻的时候，总是要批判名利思想，想把人追名逐利的欲望打压下去，其实人的欲望不仅不会因为批判而改变，而且它其实也不是什么太坏的东西，反而是社会发展的动力。

然而，欲望的满足有一个度，过度的追求会走向反面。于是就需要修行。修行就是要知道自己的限度，生命的限度，那就是死。欲望的满足的终结就是死。所以加缪说：死亡是唯一重要的哲学问题。死就是生命的限度，是欲望的终结点，是对意义的提醒。欲望的满足有意义吗？对于宇宙和时间来说，生命是无意义的。生命的意义只是针对个体而言的，只对个体有意义。所谓修行，就是要在生命的某个时刻，思考意义的问题。思考生命对于自身的意义是什么，思考生命对于宇宙的无意义。

静心

修炼必须静心。静心是修炼的目标,也是修炼的手段。

静心是人生的高境界,人轻易修不到的。

世事纷繁,人在靠自己的力量挣得存活于世的基本生活资料的时候,不得不胼手胝足,投身到纷繁的世事当中去,身无法静,心也无法静。

在满足了基本的生存需求之后,人还要追求更多的钱,更多的权,更多的名,更高的社会地位,更多的身后影响,即所谓的成就。因此,身还是无法静,心还是无法静。

问题是,什么时候才能停止这种追求?大多数人一生既没有追求到所谓的成就,也没有停止追求,至死方休;少数人追求到了,有了大大小小的成就,但是也从未想过停止追求，也是至死方休。

聪明人应当在有生之年的某个时间停下来，停止追求任何目标和成就，静心修炼，以彻底的心灵宁静为目标，每日修炼，时时修炼，最终达到使自己的心灵完全宁静下来的境界。

在修炼的过程中，死是一个主题。正如加缪所言，死是唯一重要的哲学问题，如果人在完全没有思索过死亡问题的情况下死去，那就是一个大大的糊涂人。所以一定要在活着的时候就常常想到死，想明白死是怎么回事，想明白死后一切都将彻底烟消云散，并且习惯这个残酷的事实。所以，修炼的最高境界就是经常与死相伴，常常想到死后的情形，置之死地而后生，让死后的真实状况来影响和决定自己有生之年的目标和生活方式，来决定自己每天的生活：做什么，不做什么，为什么做，为什么不做。

静心是死的前奏和演练。静心并不一定是死气沉沉的，而完全可以是生机盎然的，是内心平静的，也是充满喜乐的。

精心呵护自己的心灵

岁数越大，对关于生老病死的佛教教义体验越真切。还记得小时候妈妈给我讲释迦牟尼在菩提树下顿悟的情形。人生就是如此，没有例外，也没什么太可怕的。只是等待一切该发生的发生而已。

释迦牟尼在一个城中生活，他在城的东南西北四个大门处分别遇到了一个婴儿、一个老人、一个病人、一个死人，于是顿悟：这就是人生百态中最基本的几种形态，人生不过如此而已。这一顿悟真没有什么特别之处，就是最直接的人生感触，一点儿也不深奥，一点儿也不玄妙，其表达也是大白话而已。

在中国，无论信不信教，这些道理是被人们普遍认同的。民间对待宗教的态度一直就秉持骨子里的中庸：不可不信，不可全信。全信常常会走火入魔，不信又怕对自身不利。其实佛教的道理，尤其是关于空的道理，人们内心深处早就接受了，因为它以事实和人们的经验为基础，几乎没有什么值得质疑的余地。

有了对于人生这一超脱的看法，中国人的价值观基本上是现世的，是世俗的，不是宗教的。人们深知死后并没有灵魂，没有天堂，没有地狱，没有前生，没有来世，人所拥有的仅仅是这几十年的有生之年。所以养生之道成为大多数人的信仰，维护保养身体，安度一生，这就是中国人普遍的人生价值观。

虽然这种世俗人生价值观颇受其他文化中人的诟病，说中国人不信神、没信仰，就是一群行尸走肉，但是我觉得中国人对于自己文化的世俗价值观不必妄自菲薄。有神论和无神论并不是高尚与低下的分野，只不过是对宇宙、对世界、对生命的不同观点而已。好消息是，现代科学日益证明，无神论的真理成分远远超过有神论，所以事实将证明，真理在我们一边，我们可以坦然面对有神论者的攻讦。

由于中国人大都没有宗教信仰，大都是无神论者，所以我们所拥有的只是世俗的生活，世俗的价值观。所谓世俗的价值观，就是过多看重俗世的生活，不关心前生来世；过多看重肉体，不关心灵魂。因为大家心里明镜似的，生命既无前生来世，死后也无灵魂，所以强身健体就是国人普遍的宗教，精心呵护身体就是全民最普遍最关注的事情。这一点，从各类媒体中有大量养生类信息而且很受各类人群欢迎，可以看得十分清楚。

人应当精心呵护自己的身体，那就是要时时关注它，监测它的各项指标；人还应当精心呵护自己的心灵，也应当时时关注它，监测它的健康度、精致度和愉悦度。

有的人的生活是病态的，不健康的。比如那些吸毒的人、嗜酒的人、心胸狭窄的人。吸毒伤身，嗜酒伤肝，心胸狭窄的人成天闷闷不乐，郁郁寡欢。肉身的不健康与心灵的不健康互为因果，恶性循环，对癌症成因的一个极端说法就是，它根本就是一种精神病，即抑郁的、不健康的心态导致的疾病。

有的人的生活是粗糙的，不精致的。衣食住行全不讲究，乱七八糟。食仅果腹，衣仅蔽体，对于音乐、美术、文学、哲学全无兴趣，只读畅销书，只看肥皂剧，从不享用文学家、艺术家、哲学家这些精致灵魂创作出来的精致作品，生活质量很低，不只物质生活质量低，而且精神生活质量也低。

有的人的生活是苦闷的，不快乐的。活得无精打采，沉闷纠结。寝不安席，食不甘味。既感觉不到食之美味，也感觉不到性之欢愉，更感觉不到纯粹精神的愉悦。世俗生活中的快乐不外有三类：肉体的快乐，人际关系的快乐，精神的快乐。如果在这三个方面都感觉不到愉悦，人的生活是多么沉闷难熬。

既然没有前生，没有来世，既然死后也无灵魂，就好好关注此生此世，精心呵护目前这个生命，尽量地让它健康、精致、愉悦，这才对得起自己宝贵的独一无二的存在。

清心寡欲

静修的一个主要目标是清心寡欲。

清心寡欲首先要摈弃的就是名利之心。追名逐利是世人全都无法超脱的事情。人为财死,鸟为食亡。在世俗生活中,没有一个人能够真正超脱。就连出家人有的都做不到。

清心寡欲其次要摈弃的是所有的人际关系。在世俗生活中,人际关系是烦恼的来源,由双方投入的深浅轻重多少的差异所致。无论是爱情关系、友情关系还是亲情关系,一个人投入多,另一个人投入少,就必然造成矛盾,只有双方投入完全一致,才不会造成困扰。爱情关系大都一深一浅,一重一轻,一多一少,只要人一较真,就会造成痛苦。亲情关系按说不至于如此,但是父母付出多儿女回报少的情形也不在少数，反之亦然。友情关系是双向选择，稍不如意可以一拍两散，应当是比较轻松的关系，但是灵魂的投契也很难得，而且仍然有深浅轻重多少的问题，一方深、重、多，另一方浅、轻、少，如果是前者会痛苦；如果是后者会给对方带来痛苦。所以只要还渴望人际关系，就很难获得内心的清静。

　　清心寡欲最终要摈弃的还是自身的欲望。正如叔本华所说，只要还有未满足的欲望，人就会处于痛苦与折磨之中。人生修炼的最终目标是要到达身心全无欲望的境界。欲望是痛苦之源，只有做到全无欲望，才能最终获得内心的安宁。

　　在做到了清心寡欲之后还有最后一个危险，就是陷入叔本华钟摆的另一端：无聊。他说，人生在欲望未得到满足时陷在痛苦的一端，在欲望全都满足之后又会摆到无聊的一端。为了避免无聊，唯一的出路是去过一种审美的生活。心情平静无比，优雅无比，每日审美，如果有可能，去创造一些美出来，这将是人生修炼的最高境界。

完全超脱

对世间的一切事都应放轻松，因为无论是快乐还是痛苦，结局都是一样的，不会因为你一直痛苦而有所改变。所以，何不把所有的痛苦和焦虑放下，轻松愉快地度过每一天，度过一生？

在温饱的问题解决之后，人会为各种精神上的事情痛苦和焦虑：存在的意义啊，人际关系的好与坏啊，名声的大与小啊。其实，只要想想宇宙的浩瀚无垠和时间的悠远绵长，所有这些事情全都可以放下，完全没有必要焦虑。

人的一生，做点儿什么还是什么也不做，最终看来可能不会有区别。做些漂亮的事情出来，得到人们的赞赏，只是可以得到一时的快乐和得意而已，从长远看，没有大区别。

所以完全可以超脱。

人能够为自己争取到一身轻松的状态才算进入佳境。

这个一身轻松首先是指肉体上。人如果需要强度较高感到费力的劳作，就没达到这个境界；如果罹患疾病，也没有达到这个境界。

其次是指人际关系上。人如果陷入和他人的痛苦关系中，就没达到这个境界。比如跟父母亲属有矛盾，它会不时困扰自己；又如陷入与另一个人的情感纠葛甚至单恋中，那样的处境简直就是挣扎，离轻松愉快有千里之遥。

最后是指精神上。人如果陷入精神上的压抑或抑郁，也就达不到这个境界。正如叔本华的钟摆理论，人在物质需求不得满足的时候感觉到痛苦，在物质需求全部得到满足的时候感觉到无聊。无聊导致烦闷甚至焦躁，远非轻松愉快。

要真正到达一身轻松的境界，不但要摆脱肉体上和人际关系上的困扰，还要设法摆脱精神上的无聊和烦闷，去追求人生之美，像福柯说的，努力把自己的人生塑造成一件美不胜收的艺术品。而当自己的生活成为艺术品时，感觉必定是超凡脱俗的。

人在年幼时，离开血亲无法存活，所以无法超脱；待到年长，又有了姻亲；亲情、爱情之外，还有友情，这也是一种关系。人要想超脱关系，谈何容易，需要多么强大的内心力量。

最常见的情况是，人根本不想超脱关系之外。孩子不愿离开父母，兄弟不愿离开姐妹，爱情和友情更是故意的选择，人们常常为了陷入这样的关系煞费苦心，甚至寻死觅活。好不容易找到了爱情和友情，怎么舍得超脱？

还有一种情况是，人无法超脱关系之外。有时爱情已经失败，友情已经褪色，应是摆脱之时，可是人深陷其中，无力自拔。这种关系恰如鸡肋，弃之可惜，食之无味，可是人陷于惯性之中，陷于回忆之中，对于过去的美好念念不忘，也是无法超脱。

无论是不想超脱还是不能超脱，都是人的内心不够强大的表现。只有内心强大的人，才能毅然决然地摆脱所有关系，遗世独立，独自享受存在的愉悦感觉。我觉得自己现在正开始向这个方向走着，虽然备感艰难，但是内心的力量在增长。一个真正的人必须独自面对生存，独自面对死亡。想通了这一点，是内心成长的第一步，第二步就是勇敢地、义无反顾地向着这个方向走去。

勇气，勇气。没有这个勇气就不是真正地存在，就无法真正地存在。

看破红尘

人只要陷入红尘之中，就有无限烦恼。因为生存竞争的激烈，处处陷阱，步步为营，人无法超脱，无法静心。要真正达到宁静的境界，只能看破红尘，无欲无求，没有其他的办法。

世间红尘滚滚，人们当中，差点的为安身立命苦苦挣扎，好点的也要为名为利终身奔忙，人辛劳奔走的身影被滚滚的红尘遮蔽，几乎分辨不清。

欲望其实是中性的，既非美德，亦非恶习，人活着有各种各样的欲望是很正常的，只是不应过度浸淫其中，无法自拔。按照马斯洛的需求层次理论，只要满足了生存、安全、归属、尊重和自我实现这几种欲望，就可以止步了。无论是过度地追求权力、金钱还是名望，都会戕害存在本身。因为一旦过度，权力、金钱和名望就成了自在的目的，而与旁人相比，对这些目标的追求是永无止境的，如果不能适可而止，将终身劳碌，而无法真正停下来享受自己的存在本身。

因此，修行是必不可少的。即使在最忙碌的时候，也应当是清醒的，使自己对自身的欲望处于自省、自觉和节制的状态。

修行就是将身边的事情看淡，将所有的人与事看淡。只要入世过深，就无法获得最终的超脱。学着看淡一切，尝试看淡一切，就是修行过程要做的事。当把一切都真正看淡了，修行就成功了。

然而，内心的纠结在于，人究竟要不要将一切看淡呢？世间所有能够做成功的事情，必定是被看重的：如果马拉多纳不看重踢球，他不会踢得那么好；如果帕瓦罗蒂不看重唱歌，他不会唱得那么好；如果爱因斯坦不看重物理，他不会创立相对论。因此，可以说，看淡世事与保持生命活力是一对矛盾。

如果能够将生命力保持终身，永远对生活兴致勃勃，对一切兴致勃勃，直至生命终结之时，这当然再好不过，但是对于大多数人来说，这是很难达到的境界。厌倦、疲惫和冷漠会随着年龄的增长不知不觉地占据人的身心，这是一个无可避免的自然过程。

　　我常常期望自己能够进入老僧入定的禅修状态，但是心中似乎还有绵绵不绝的生命活力在阻止我入定。解决的方案也许在一个常人意想不到的策略之中，那就是摆脱所有的世俗琐碎事情和寻常人际关系，而仅仅保留对美与爱的兴致，在有生之年不断地继续追求美与爱，直至生命的终点。

我看不出为什么不可以选择第三条道路

修行的目标是圆满和平静。一般说来，只要还有尚未实现的欲望，心中就不得圆满和平静。

世间有太多的诱惑，诱惑以各种令人眩目的形象出现，但是万变不离其宗，都围绕着"名利"二字。如果你年薪10万元，那么年薪20万元、100万元就是诱惑；如果你是一个处长，那么局长、部长的职位就是诱惑；如果你是个文学家、科学家，诺贝尔奖就是诱惑。只要你的人生还在受到这些东西的诱惑，你的生命就不得圆满和平静。

如果我们持有这些诱惑最终均无意义的看法，就可以修得圆满和平静之心。那些出家人就是最终参透了这一点而得到圆满和平静的。

问题在于，要想修得圆满和平静之心，就一定要什么都不做吗？一定要像老僧入定那样摈弃一切欲望，包括肉体和精神上的欲望和激情吗？我想探讨一下第三条道路的可能性。

第一条道路是人为财死，鸟为食亡，追名逐利；第二条道路是老僧入定，像水边石头上的乌龟那样度过人生；第三条道路则是循着自己肉体和精神的欲望，不是摈弃冲动和激情，而是把这种冲动和激情尽情地宣泄出来，从中得到快乐和满足，在这种快乐和满足中获得圆满和平静的心情。

举例言之，如果我的冲动是写小说，那么我既不因为要得诺贝尔奖而写作，也不因为参透一切名声最终无意义而放弃写作，而是尽情宣泄自己的冲动，从写作中得到自娱之乐；如果我的冲动是做生意，那么我既不会仅仅因为钱而做，也不因为参透金钱最终无意义而放弃，而是在做生意的过程中宣泄自己的冲动，得到自我实现的快乐；如果我的冲动是做官，那么我既不会仅仅因为官位而做，也不会因为参透权力最终无意义而放弃，而是在运用自己的权力做事的过程中宣泄自己的冲动，得到自我实现的快乐。在宣泄自己生命的冲动和自我实现的过程中，在欲望实现的快乐和满足中最终获得圆满和平静的心情。

我看不出为什么不可以选择第三条道路。

净化心灵

修行的过程应当是一个心灵净化的过程。

在一般情况下，人的心思首先会关注谋生，这是每个人安身立命的根本。少不更事时，我会突然间惊恐地想：如果父母不在了，我该靠什么活命？长大后自然释怀，挣一份工资，养活自己，并不是很难的一件事。但是只要还陷在谋生的阶段，天天为衣食住行、柴米油盐焦虑、算计，心灵就无法净化。只有生计问题彻底解决，才谈得上心灵的净化。

其次，人际关系会为人带来大量的焦虑，丧失内心的清净。七大姑八大姨，众说纷纭，评头品足，人如果过多地陷入其中，与他人的关系过于黏稠，就无法得到内心的平静。记得我当年在山西的一个小山村插队，由于住在姑姑家，所以不像一般插队知青与村里人的关系完全是浮萍一般,而是身不由己地嵌进了人际关系的网络之中。忽一日,堂姐告诉我:关于你有一种传言……我心中马上感到极为不悦,那是一种陷入黏稠的人际关系,被密切关注监督的感觉,一种不自由不轻松的感觉。只有摆脱所有的黏稠的人际关系,才谈得上心灵的净化。

此外,心灵的净化还须直截了当地去除心中所有丑陋、肮脏、平庸、琐碎的念头,只留下高尚、美好、喜乐、纯净的念头。心灵净化的过程,就像在自己的内心安装一个过滤器,把渣滓滤掉,只留下清澈。

净化内心是一种愉悦的经验,也并不艰难。所谓超脱,就是超凡脱俗。对日常的琐碎事物不屑一顾,把心思集中在美与诗之上,过一种轻灵、美好的生活。其实人只要想这么做,就可以做到。那些纠结在平庸、琐碎、丑陋的事物中的人,只不过是自己愿意陷入其中而已。

人如何才能拥有纯净的心灵?怎样做才能拥有纯净的心境?

首先,要放弃害人之心。如果自己所做的事情会伤害到他人,自己就失去了纯净的心境,即使不是故意伤害他人,而是间接地伤害他人(如制造伪劣产品),被迫伤害他人(如被强迫揭发别人,批判别人),心中也会永远丧失纯净。

其次，要放弃算计之心。如果对自己所做之事斤斤计较，患得患失，也就失去了纯净的心境。尤其在人际交往中，如果总是在意自己的所得和所失，就不会有愉快的人际关系，也会影响到自己的心境。只有以诚待人，对人满怀善意，满怀平等之心、喜爱之心，才能获得纯净的心境。

此外，如果能够同情处境不如自己的人，能够对他们持有慈爱之心，通过自己做的事对他们有所帮助，也能够使自己的心灵变得更加美好，更加纯净。

拥有纯净的心灵，将使自己的生活变得美好、高雅，可以终生与美好的事物、美好的人相处，可以使自己的身边只剩下美好的事物和美好的人。

出世与入世

人要想真正活得轻松自如，唯一的选择是出世。只要入世，无论是国事家事，亲情友情，都会像缚在翅膀上的铅坠，令人无法飞翔。

人的心总是向往着自由飞翔，就像雪山间、碧空中自由飞翔的鹰隼。它悠然自得，目空一切，无忧无虑，随着旋转的山风自由地翱翔，有时扇动有力的翅膀，有时又一动不动地随风滑翔，成为一道养眼的风景。

然而，让心自由飞翔又谈何容易？人都是入世的，绝大多数人没得选择，非入世不可，比如尚未解决生计问题的人。少数已经可以选择出世的人，还是选择了入世，而不选择出世，因为出世虽然轻盈，却比较孤寂。

有一种生活态度是这样的：国事家事天下事，事事关心。即使于己无关，也事事关心。说于己无关指的是，如果你是一个政治家，国事就与你有关；如果你是一位母亲，家事就与你有关；如果你处在恶劣的生存环境中，世事还是会影响到你的存在，你不得不关心。所以，国事家事天下事统统与己无关的人原本就很少，你得是一个生存环境差强人意、非政治家又孑然一身的人。

问题在于，当你符合选择出世的各项条件之后，是不是应当选择出世？我是倾向于做这种选择的，为了心的自由飞翔。只要心还关注着世事，只要心还纠缠在人际关系之中，就不可能获得真正的自由。世上有太多的痛苦和不公，如果你无法不看，就无法获得自由；人际关系有太多的纠缠，如果你无法超脱，就无法获得自由。所以我要痛下决心，摆脱所有的世事和关系，真正做到像梭罗在瓦尔登湖那样孑然一身，让自己的心像山间的鹰隼那样自由地翱翔。

斤斤计较

我对自己的生命取一种斤斤计较的态度。我计较它的每天，每小时，甚至每分钟。因为所有的身外之物都不是我的，真正属于我的只有这些时间。

在我的寓所有两样必备的物件，一个是日历，一个是温度计。日历有时还不止一个：一个台历，一月一翻的那种；一个每日有一空格的日程本子，将每天要做的事记在上面。备温度计是为了身心舒适，热了开冷气，冷了开暖气，不冷不热开窗户，让窗外的清新空气自由流动，如果碰上风天，让穿堂风尽情吹拂，去掉房间里的污浊空气。

很多人都把时间随意地耗掉，一点儿不心疼，比如闲聊啊，打麻将啊，犯愣啊。我不愿意这样随意地挥洒自己的生命，只要活一天，活一小时，活一分钟，就想让它充满各种各样感官的快乐和精神的愉悦。我最有共鸣的是梭罗对时间的态度。看他的日记，在 19 世纪的某个日子他郑重其事地写道："我现在开始过某年某月某日这一天。"这个朴实无华的句子令我深思：我何曾如此郑重其事地对待过自己的日子、自己的时间、自己的生命？难道我不应当这样去做吗？

作为无神论者和存在主义者，我早就洞悉：生命并无意义，存在纯属偶然。从本质上讲，它同一棵树、一只甲虫、一块石头没有区别。但是作为一个短暂的有意识的存在，我所拥有的只有这几十年的时间。我当然可以选择无所事事的一生，就像在水边石头上晒太阳的乌龟一样，一动不动地待上一整天，一整年，几十年，几百年；我也可以选择充满快乐感觉的几十年，这快乐的感觉既有肉体的快乐也有精神的快乐。肉体的快乐包括吃饱的感觉、暖和的感觉、性快感、各类感官的愉悦；精神的快乐则包括欣赏美、享用美和创造美所带来的愉悦感。

我一直对自己生命中的每天、每小时和每分钟取一种斤斤计较的态度，我还将继续坚持这种态度，直到生命的终结，那时，我将告别这一切，完全解体，在宇宙中消失得无影无踪。

有句俗话说，时间就是金钱。我对这种说法不敢苟同。在我心中，时间就是生命。

独处·悠闲·静修

只有在真正一人独处时，才能懂得李叔同当年的选择。他选择的是一种宗教的静修生活。我不信宗教，但是可以选择世俗的静修。

人需要修行，是在独处时才感觉到的，也是在真正闲下来时才感觉到的。在繁忙的世俗生活中，在黏稠的人际关系中，琐碎的事情占满了生活，有些快乐，有些痛苦，但是缺少沉思和修养内心的愿望和时间。当一人独处和彻底闲下来时，对空间和时间的深切感知才来到人的心中。这就是康德所谓"仰望星空"的心境吧。

在忙于世俗事物时，人除了身处的环境和周边景致，感觉不到空间；除了细碎的急迫事物和倦怠，感觉不到时间。

只有在悠闲和独处之时，在闲坐海边眼望碧蓝浩渺的大海时，才猛然感觉到空间的寥廓和时间的流逝。宇宙和浩瀚的星空来到了人的意识之中，感觉自己像一叶孤舟，漂摇在无边无际的大海当中，不知漂向何方，全无目标，全无方向，无论怎样奋力划桨，都只是在原地打转，徒费气力而已。在无可奈何之中，时光流逝，短短的几十年时间，就像一瞬。再看那只孤舟，舟中之人已经踪影全无，小舟兀自在水中漂荡，好不凄凉。

当这样的感觉来到心中，真想不通为什么还要做事。佛教的修行就是看透了这一点，所以只是静坐，终身不做任何事情，其修行的要义就是四大皆空。这想法不能说不是真知灼见，只不过世人大多不愿接受这个令人绝望和无奈的事实，只是一味像鸵鸟一样把自己的脑袋埋进沙子。

严格地说，世人做一切事情的动力都来自不得不做的逼迫，但是这种逼迫有两类，一类是来自外部世界的逼迫，另一类是来自内心世界的逼迫。来自外部世界的逼迫就是存活的压力：要通过做事换取起码的温饱和舒适，以及精神的愉悦；来自内心世界的逼迫是艺术家、科学家的创造冲动，艺术家感觉到美的召唤，科学家感觉到好奇心的召唤，要通过自己的劳作创造出这种美，要揭示谜底满足自己的好奇心，使自己的创造冲动得以宣泄。

然而，有内心冲动需要宣泄的人在人世间只是凤毛麟角，绝大多数人做事仅仅是为生存而已。在生存所需的一切已经满足之后，人们为什么还要做其他事情呢？这就回到了叔本华的钟摆理论：人在生存必需品未得到满足时感觉到痛苦，在生存必需品得到满足时感觉到无聊。人生就像钟摆一样在痛苦和无聊中摆来摆去。他的钟摆理论几乎可以囊括世间 99% 的人，所幸他对那 1% 的人网开一面，就是那些有内心冲动的艺术家。所以从某种意义上讲，艺术家是造物主的宠儿，他们是最幸福最快乐的人，世间无人能比，帝王将相、明星巨贾都难以望其项背。

如果有幸生为艺术家，当然可以自得其乐，暗自庆幸，然而，占人口绝大多数的凡夫俗子该怎么办呢？依我之见，基本没有办法，只能听之任之，破罐破摔。只是要修炼到能够比较平静地接受这个残酷事实，不要陷入过多的内心烦恼和纠结。这就是我现在修炼的原因和修炼的内容。我修炼的目标就是要使自己最终能够接纳自己的现状和命运，真正达到内心平静地接纳自己所处的境界。

7
CHAPTER
接纳自己本来的样子

人应当认识自己,
按自己本来的样子接纳自己,
不与人比,
也不拿真实的自己与应该的自己比。

人怎样才能得到快乐

人怎样才能得到快乐?

首先,只做自己能够胜任愉快的事,不做力不从心的事。

此话听上去简单,做起来却不容易。原因在于人往往并不知道或者有时不愿知道自己能力的界限,明明自己做不到的事情,却以为自己能做好,付出很大努力,结果却不尽如人意,就会陷入痛苦之中。

此外,有些事是经过人的艰苦努力最终能够做好的,但是努力的过程是痛苦的,要不要在这种痛苦前止步呢?还是应当继续努力达成目标?黑塞所写的有关歌德与席勒对比的文章就很典型:歌德是一个对写作胜任愉快的人,他仿佛得到天启,一切都那么自然地、毫不费力地流淌出来,仿佛神来之笔；而席勒却在写作中苦苦煎熬，面对一沓稿纸大受折磨，怀疑，犹豫，不自信，经过千辛万苦才最终写出杰作。黑塞因此给二人不同的评价：歌德是神，席勒是英雄。问题是，如果你属于席勒这种类型，你还应不应当写作呢？如果当初席勒知难而退，文学史上就少了一位伟大的作家。

由此可见，一个人能否确切了解和定位自己的才能的界限至关重要。你只有确知自己最适合做什么，确知自己经过努力能够做成的事和即使怎么努力也做不成的事，才能够做出正确的选择，避免坠入痛苦的境地，进而得到快乐。

其次，只投入能够使自己快乐的人际关系，摆脱痛苦的关系。

人际关系可分为三类：亲情、友情和爱情。亲情与生俱来，多数情况下是美好的，给人带来快乐的。但是当亲情变质为给人带来痛苦的情况偶尔发生时，却不容易摆脱。文学作品中频繁出现的父子反目、兄弟成仇的情形其实就在现实中大量发生，令当事人痛苦不堪。在关系无法摆脱的时候，只能适当调适，使得关系的痛苦程度不那么尖锐。相比之下，友情变质时就比较容易摆脱。因为与亲情相比，它是后天选择的关系，一旦友情不再为双方带来快乐，比较容易摆脱。

爱情的情况就更复杂一些，它既是后天的选择，又是一种强烈的情感关系，不像友情那样相对平静，不那么激烈。爱情跟亲情和友情相比是一种烈度更强的关系，快乐起来更快乐，痛苦起来也更痛苦，不容易发生，一旦发生又不容易摆脱。爱情虽然是人世间最美的花朵，但是在爱情消失的情况下，只有坚决摆脱，才能重获平静和快乐。当然，有些爱情最终变成了亲情和友情，这是爱情消失后一种痛苦程度较低的过渡途径。

最后，欲望的克制与升华。

人的欲望来自生命本身，欲望强烈者生命力强大，欲望微弱者生命力弱小。欲望包括创作欲望、行动欲望、各类生理欲望，如食欲、性欲等，它是一种来自生命深处的冲动，像山间的一股泉水，盈满之后就需要宣泄。有的人的泉涌细小无力，只是涓涓细流；有的人的内心之泉汹涌澎湃，一泻千里。前者的人生琐碎平静；后者的人生大悲大喜，快乐与痛苦的程度都要高得多。对于前者来说，没有克制欲望的问题，因为他们原本就没有什么不可克制的欲望和冲动；对于后者来说就会遇到这个问题。因为他们的各种欲望都很充沛，在欲望难以宣泄时就难免异常痛苦。例如在恋爱和交友上，他们常常会遇到欲望受阻的情况，此时就需要升华：按照弗洛伊德的升华理论，在原欲受阻的情况下，应当将其升华至文学艺术一类的精神活动中，使得不到宣泄的欲望转化为创造力，在创造性活动中得到宣泄。在这个过程中，不仅个人得到无与伦比的快乐，社会也因之受益：人们可以享用这些人创造出来的文学艺术品，得到美妙的艺术享受。

总之，如果人能够一生只做自己胜任愉快的事情，能够只交往给自己带来愉悦感的人，能够克制自己无法宣泄的欲望并将其升华至美好的精神生活之中，他就一定能够得到一个快乐的人生。

怎样才能保持好心情

人生不如意事常八九。在小时候不会这样感觉,也不愿相信事情竟会是这样的,可是上了点儿年纪之后,就会认可这一说法,觉得此言不虚。可能是由于身体状况大不如前,也可能是由于阅历增多。

既然如此,怎样才能在人生中时常保持好心情呢?这也是我在静修中常常思考的一个问题。想来想去,想出以下几条锦囊妙计,若依计而行,必有奇效。

首先,凡是在涉及空间的问题上,想大比想小要好。想得越小,心情越坏;想得越大,心情越好。比如,想北京就比想朝阳区好,想中国又比想北京好,想世界又比想中国好,想宇宙又比想世界好。在自己心情郁闷的时候,就往世界宇宙那儿想一想，想想自己的渺小和生命的偶然，心情就会豁然开朗，觉得没有什么事情值得郁闷了。

其次，凡是在涉及时间的问题上，想远比想近要好。想得越近，心情越坏；想得越远，心情越好。比如，想一个星期就比想今天好，想一个月又比想一个星期好，想一年又比想一个月好，想一辈子又比想一年好，想几千年又比想一个世纪好，想几亿年又比想几千年好。在不快乐的时候，就往几年以前或者几年以后、一辈子或者几亿年想一想，想想自己只有这短短的几十年，与其活得这么郁闷，不如放松心情，高高兴兴地过完这几万个日子算了。

再次，凡是在涉及做事的问题上，想目的比想手段要好。想如何去做心情不好，想为什么去做心情才会好。比如，想为什么挣钱就比想如何去挣钱好，想为什么评教授就比想如何去评教授好，想为什么做官就比想如何做上官好，想为什么出名就比想如何能出名好，想为什么活着就比想如何活着要好。在不快乐的时候，就想想自己所做的一切事情都是为什么要做的，想想自己活着是为了快乐而不是为了吃苦受罪，于是就只做那些给自己带来快乐的事情，放下那些给自己带来痛苦和折磨的事情，心情自然会好一些。

另外，凡是在涉及别人的问题上，想喜欢的人比想讨厌的人要好。想自己讨厌的人时心情不好，想自己喜欢的人时心情才会好。比如，想父母就比想领导好，想朋友就比想同事好，想爱人就比想仇人好。在不快乐的时候，想想那些爱自己的人，喜欢自己的人；想想那些自己爱的人，自己喜欢的人。想想他们是多么可亲可爱，他们对自己又是多么好，而不是去想那些讨厌自己的人或者自己讨厌的人，这样郁闷的心情就能开朗起来，愉快起来。

最后，凡是在涉及自己的问题上，想优点比想缺点要好。想自己的缺点心情会坏；想自己的优点心情会好。比如，如果自己长得漂亮就想，上帝真是眷顾我，把我生得这么美；如果自己聪明就想，别人用一个小时才想明白的事我怎么几分钟就懂了，我真高兴；如果自己长寿就想，别人才活80多岁，我竟然活到100岁了，我真幸运。这样，即使自己不漂亮，不聪明，官不够大，钱不够多，名气不够大，可还有些比别人强的地方，这样想了之后，心情兴许就会好些。

虽然，人生不如意事常八九，但是只要能够常常这样来调适自己，就一定能够常常保持好心情。即使有人说这不过是阿Q的精神胜利法，我也宁愿这样去做，毕竟还是要强过闷闷不乐地度过一生。

有限的快乐与无限的快乐

在人的物质生活与精神生活当中,前者给人带来的快乐是有限的,后者给人带来的愉悦才是无限的。

人饿了吃,困了睡,冷了开暖气,热了开冷气,这些物质需求的满足给人带来的最多不过是舒适的感觉。真正能给人带来无尽愉悦的还是精神生活。

精神快乐首先来自人类文学艺术宝库的经典作品,大作家的小说,大诗人的诗歌,大画家的画作,大音乐家的音乐。当然,晚近的艺术家也会为我们带来惊喜,像诺贝尔奖得主的小说,各大电影节上获奖的影片。欣赏这些作品,可以与古往今来最美好的灵魂交流,分享他们对美的感受,从中获得无与伦比的快乐。如果门槛放得低一些,则有大量言情、侦探、悬疑作品可以轻松娱乐，给人带来无穷无尽的快乐。

精神快乐其次来自与人的深度交往，无论是爱侣还是朋友，因为对方是一个活生生的、生动的人，有七情六欲，有脾气，有情感，有灵魂，而人的灵魂是千姿百态的，人的情感是动人心弦的。与世间另一个灵魂交流的有趣和愉悦感可以为人带来无穷无尽的快乐，有时甚至会有狂喜的感觉，而物质需求的满足只能是淡淡的，不可能使人感到激动、兴奋甚至狂喜。

此外，精神快乐还来自创造性的活动，无论是文学家写小说，画家作画，还是科学家提出新理论。作品的完成（无论是否得到世俗的承认，无论成功与否）就像生孩子，当人创造了一个活色生香的生命出来时，那种内心的满足感和愉悦感是真正无与伦比的。可惜，世上多数人因为没有这些特殊才能，很少能够亲身体验到这种快乐。但是我赞成马斯洛在谈到"高峰体验"时所说的，并不是只有艺术家、科学家才能有高峰体验，一位普通的家庭主妇在做出一道家人赞不绝口的佳肴时，也可以经历类似高峰体验的感觉。这下我们这些凡夫俗子就有救了，也可以体验到大艺术家所体验到的快乐了。换言之，我们不必去羡慕王小波的名声，去攻击冯唐的金线，去嫉妒他们写作时的快感体验，而可以去自己擅长的领域寻求创造性的活动带来的高峰体验,达到子非鱼的自得其乐境界。

福柯曾说,快乐是件很难的事情。此话乍一听相当令人费解,令人难以认同。因为很多人都生活得非常快乐,快乐对于他们来说一点也不难。

如前所述,快乐有不同的种类,了解了这一点,才能理解福柯的感觉。快乐有肤浅的,有深刻的。食与色都是肤浅的快乐,只是感官的愉悦而已,精神的愉悦才是深刻的,例如一首诗给人带来的美感,一幅画给人带来的美感,一首乐曲给人带来的美感,一个人给人带来的美感,完成一件作品给人带来的愉悦感觉。如果人追求的仅仅是肤浅的快乐,那是容易得到的;如果人追求的是深刻的快乐,那的确是困难的。(能让福柯这种鉴赏水平的人感觉到美的作品能有多少呢?能使他感到快乐的作品或者人该有多么罕见呢?)这样想,就找到了福柯的感觉。

在人的一生中,所遇到的多数的人和事都是无趣的,只有极少数的人和事是有趣的。一旦遇到有趣的人和事,一定不要轻易错过,轻言放弃,因为那也许就是人获得快乐的千载难逢的机会。

总而言之,人生短促,要抓紧时间享用自己的生命,有点儿羞惭但仍狠下心来套用雷锋的一句名言:要把有限的生命投入到无限的为人民服务中去。当然,这样的抱负和实践,是崇高的,值得效法和尊敬的。但是,说句真心话,我跟雷锋的人生观有点不同:他是英模,我是凡人;他是利他主义者,是共产主义战士,而我是一个彻头彻尾的享乐主义者。但是我并不因此觉得自己人格低下,只是人生观不同而已。

人生三乐

恋爱、读书、写作是人生三乐。恋爱时,人沉浸在激情之中,快乐感觉无以复加;读书时,人徜徉在智慧之中,心旷神怡;写作时,人寻寻觅觅,仿佛在寻宝的过程中,一旦有所收获,心花怒放,愉悦的心情无与伦比。

恋爱的机会可遇不可求。世界上好人很多,可不一定是你能对他产生激情的。人的情感、性情、经历、想法五花八门,不一定能够正好与你相遇、相知、相爱。所以一旦对某人产生激情之爱,务必珍惜,精心呵护,沉浸其中,最好能够保持终身。这当然是很不容易的事情,有太多偶然因素。但是万一有此幸运,快乐真是无与伦比。

读书倒是可以完全随心所欲,只要有欲望,有时间,就可以在书林书海中尽情徜徉，沉入其中，乐不思蜀。虽然很多书都不值一读，但是真正的好书也足够人享用的了，尤其像我这样读书速度比较慢的（诵读速度），一本好书别人可以享用一天，我可以细细品尝三天。此生不必担忧把好书读尽，就像走进海盗的藏宝洞，满眼珍宝，享用不尽，快乐真是无与伦比。

写作则像探险，你不知道自己会写出什么，仿佛陷入一个迷宫，或者一个漆黑的洞穴，深一脚浅一脚，有时看到前面有一丝亮光，以为找到出路，一路发足狂奔，结果并没有走出去，心情不免沮丧。但是有时山重水复疑无路，柳暗花明又一村，心中豁然开朗。看着自己的思绪像涓涓的流水，从内心的泉眼中汩汩涌出，晶莹剔透，绵绵不绝，那愉悦的感觉也是无与伦比。

无论生命还有多长时间，唯愿沉浸在恋爱、读书和写作之中。

因存在而快乐

对于生命之偶然，萨特的感觉是恶心。我的感觉常常是心中被完全抽空的一种失重感。好像自己已经脱离了重力原理，飘向无尽的虚空。在那里，一切都无足轻重，一切都没有意义，只是一种无机的存在，非常悲凉的感觉。

尽管生命偶然这一事实属于心中禁区，但是每隔一段时间，总会想一下。想象中，在无数大大小小的星球上，自己像小虫子一样在其中的一个上面存在一小会儿，然后就消失得无影无踪，好像从未存在过一样。生命短暂得像眼开眼闭的一瞬，如白驹过隙一般，一闪而过。心中怎能不恐慌，怎能不悲凉？

既然事实如此，既然想也无用，徒增烦恼而已，为什么还要想呢？唯一的好处是可以使人从一切日常琐碎的烦恼中超脱。物质生活的困顿啊，精神生活的挫折啊，人际交往的不如意啊。所有这些小烦恼、小痛苦，只要稍稍想象一下自己在宇宙中存在的状态，就马上可以超脱出来，变得无忧无虑，心中无比平静。

我曾经对一个得过抑郁症的朋友说过这个意思，只要稍稍想一下宇宙和自身的对比，还有什么烦恼？还需要吃百忧解吗？他说真到那个时候，根本想不了什么宇宙，只是困在自身的痛苦和烦恼之中，完全没有出路。可是我就是不明白，我只想问：朋友，你认真想了宇宙了吗？你强迫自己想象一下了吗？只要真的较真地想了，能没有我前述的感觉吗？

除了解忧之外，偶尔想一想宇宙之浩瀚和生命之偶然，也可以获得内心的快乐感觉。只因存在过而快乐，只因仍旧存在而快乐。归根结底，快乐与痛苦只是一个硬币的两面而已，此时此刻想看哪一面，全凭自己随心所欲。

人生在世，除了每日的生活，其实并不真正拥有任何东西。人们总想在有生之年尽量多地占有东西，无论是金钱、权力还是名望。这些东西确实能够为人带来快乐，但是人并不能真正地拥有它们。以钱为例，俗话说，花掉的才是财产，没花掉的是遗产，就是这个意思。如果没有用于自己的生活，那么那钱你并未真正拥有，只是放在银行里的纸或者是银行卡上的一个数字而已。

既然我们能够拥有的只有生活，那就应当热爱生活，去珍惜每一天的生命，去兴致勃勃地度过自己宝贵的时间。清醒的意识使我们时时意识到生命的短暂，用我们的全部生命去追求快乐，好好享用自己生命的每一天，这样才对得起自己的生命。

阳光与阴霾

人的心境有时阳光明媚，有时阴雨绵绵。前者多是想到高兴事的时候，后者多是想到阴郁和痛苦或者嫉妒的时候。

有时想到自己身心健康，生活舒适，尤其在取得星星点点的成功之时，心中是阳光明媚的。最典型的是发了一篇博客，五分钟之后再点开看一看已经阅读的人数，想到已经有这么多人读了，甚至喜欢，心中就明媚舒朗起来。尤其是看到某一篇读者有几十万人，心中更加晴朗，万里无云。那快乐不是虚名浮利所能带来的。

然而，人生在世，快乐只是相对的，痛苦却是绝对的；快乐只是暂时的，痛苦却是永恒的；快乐只是偶然的，痛苦却是必然的。佛说，众生皆苦。他却没有说，众生皆乐。生老病死，都是苦；四大皆空，更是苦。绝大多数人终身辛苦劳作，只得饱暖而已，难道不苦？人人辛苦长大，最终却不免寿终正寝，难道不苦？在农村插队时，记得那个山西的小山村中有一个习俗，在孩子长到12岁时要大张旗鼓地庆祝，亲朋好友、远亲近邻齐聚祝贺，为什么？长到12岁，这孩子就算保住了，除非出大变故，否则便不容易夭折了，因此需要庆祝一番。仅仅是保住孩子不夭折，已经使父母含辛茹苦十多年，难道不苦？

要想苦中作乐，必须有知足之心：跟有些更痛苦的人相比，自己还能快乐些；跟其他动物相比，作为人还能快乐些（仅仅因为能思考，能意识到自身的存在。转念想想，其实比起懵懵懂懂的小动物，人对自身的意识往往给人带来更多的痛苦）；跟植物相比，人还快乐一些；跟无机物相比，人还快乐一些。所以要想活得快乐一些，必存知足之心。如果对那些比自己更成功、更快乐的人心存嫉妒，就会因为缺乏知足之心，遭遇绝对痛苦。

但愿心绪常常晴朗，可是偶尔也不妨陷入阴郁之中。品味人生之乐，也遍尝人生之苦。

痛苦与快乐

各式各样的宗教和世俗人生导师除了宣讲其宗教教义和世俗理念之外都在做一件事,就是为人排忧解难,疏导情绪。其中最主要的功能就是将人从痛苦中解救出来,使之得到内心的平静和喜乐。

趋乐避苦是人的本能,无论是在肉体上还是精神上。人饿了要吃,渴了要喝,有美食和难以下咽的食品,会本能地选择前者;有温暖的房间和冰天雪地,会本能地选择前者。但是在精神上,人有时会做出与本能相反的选择,不去选择平静快乐,反而去选择痛苦和折磨。为什么会这样?

那是因为有些痛苦与快乐联系在一起。人们无论如何不愿陷进去的痛苦是单纯的痛苦,比如疾病、贫困、感情破裂等；人们愿意陷进去的痛苦往往是与快乐联系在一起的，其中最典型的就是单恋。在爱情发生时，人明明知道对方不爱自己，却还会沉溺其中，有时是无力自拔，有时是不愿自拔。与平静但是没有爱情的生活相比，人有时会故意选择有激情但是没有结果的爱情，宁愿生活中充满了苦味，也不愿过无嗅无味的生活。

这种选择的极端例子当推虐恋关系当中的受虐一方，他把痛苦和快乐直截了当地联系在一起，把快乐建立在痛苦之上，他愿意经受肉体的疼痛和精神的羞辱，并从中得到肉体的快感和精神的愉悦。这种情况在人类五花八门的性活动和性倾向当中是最奇特的，因为它彻底违背了人性中趋乐避苦的本能，使一般人感到目瞪口呆，讶异莫名。也正因为如此，它往往只发生在最敏感、最雅致的人身上，在目前所知的所有社会当中，虐恋仅仅是中上层人士的趣味，而很少发生在社会下层，因为挣扎在生存温饱线上的人们口味难免粗糙和野蛮，没有闲情逸致去细细体味这种曲折的乐趣。

抽象与具象

人应当活得更抽象还是更具象些？前者轻松，后者沉重；前者空灵，后者实落；前者愉悦，后者烦恼。我还是倾向于活得抽象一些。

人为什么要活得抽象？因为具象的生活没啥意思，怎么活也活不出多少花样来，人再有钱，再有权，再有名，还是一日三餐，生老病死，活得那么具象，就跟个小虫小鸟没有区别，所谓"人为财死，鸟为食亡"，一生左不过是些摄入、排泄类的活动，人人大同小异，相差无几。索性不在意这些具象的事物，活得抽象一些，想些抽象的事情，反而会愉悦一些。

人怎样才能活得抽象？这个境界不容易达到。人从一出生过的就是具象的生活，一开始吃喝拉撒都无法自理，要依赖他人帮助。长大后倒是能够独立支撑了，但是总要自己能养活自己，就为这一件再简单不过的事，大多数人就耗费了毕生的精力。许多人已经过得不错了，还是懵懵懂懂地接着这样耗费自己的人生，是惯性使然。所以，要想活得抽象些，先要意识到除了具象的生活之外，人还可以过一种抽象的生活，然后才谈得上真正过上抽象的生活。

什么样的生活算是抽象的生活？维特根斯坦在他心中的哲学研究穷尽之后到一个乡下地方当个小学教师，他的生活就是抽象的生活了，因为是去当个小学老师还是去做点儿其他事情，对于他来说都没有区别，没有意义，那根本不是他在意的生活。梭罗在瓦尔登湖的生活是抽象的生活，其中物质生活的分量减到最低，人际关系的分量也减到最低，过的是一种纯而又纯的精神生活。

萨特说："在不存在和这种浑身充满快感的存在之间，是没有中立的。如果我们存在，就必须存在到这样的程度。"浑身充满快感，我理解为两个维度，一个是肉体的快感，一个是精神的快感。前者是具象的，后者是抽象的。具象的快感不过来自食与色这两件事，比较容易做到，但给人带来的快乐有限；抽象的快感来自精神，不太容易获得，但是能给人带来无限的快乐。我希望自己在有生之年始终是一个充满快感的存在,而且是具象的快感分量较轻而抽象的快感分量较重的存在。

生存原则

在无神论时代,生存的原则只有快乐的最大化和痛苦的最小化。这首先是因为人们已经知道,并没有前世和后世,只有今生今世。既然每个人只有这几十年的时间,那么快乐的现世生活就成为唯一的可能。

那么,快乐原则是否是自私的呢?如果把自己的快乐建立在他人的痛苦之上,那就太过自私了,但是只要不伤害他人,就不能算作自私。至于利他主义,那是更高一层的境界。世上绝大多数人活着是为自身的,只有极少数人是以利他主义为生活的主要原则的,比如雷锋和特蕾莎修女,还有那些志愿者、义工。即使是他们,也有车尔尼雪夫斯基所谓"合理利己主义"的成分,即帮助他人是为了自身的愉悦感和内心喜乐。

追求快乐最大化的原则是否太世俗、太物质呢？一说到快乐，人们首先想到的是各类物质欲望的满足，食欲啊，性欲啊，因为此类快乐是最直观的，也是绝大多数世人最关注的。但是除了满足这些物欲的卑微愿望，快乐还应当包括精神的快乐。精神的快乐囊括了创造的快乐，帮助他人的快乐，得到他人认可、赞赏、感谢和喜爱的快乐，并不低俗，是高雅的，甚至是高尚的。

追求快乐最大化是否归根结底也是没有意义的呢？既然生存只是偶然，在浩瀚的宇宙中微不足道，没有任何意义，那么快乐与否又能有什么意义呢？狠心地看，不得不承认，即使快乐本身也没有什么意义，只不过是苦中作乐而已。既然已经存在，那么快乐的存在总比痛苦的存在略胜一筹。与其终日以泪洗面，不如终日狂欢，在欢乐中度过这短暂的几十年时间。

知足常乐

中国文字中有那么多表达快乐心情的词语：欢喜，欢乐，欢欣，在英文中只有一个 happy。是中国人特别乐观的缘故吗？

中国文化中有一种世俗的乐观态度，如知足常乐。依稀记得是在武台山第一次在一座汉白玉的牌楼上看到"知足常乐"四个大字，我心中是很震撼的。但当时很年轻，踌躇满志，锐意进取，猛然间见到"知足常乐"四个字，觉得怎么那么老气横秋，一点儿都不励志。年岁渐长，才渐渐体会到这四个字当中所包含的坦然、透彻。

人的努力是没有止境的，所有的成功都是相对的，说白了，无论你做得多好，还有人比你做得更好；无论你多有才华,还有人比你更有才华;无论你多么成功,还有人比你更加成功。所以如果不知足,就只能累死,而且永远不会快乐。知足常乐表达了一种安于相对,不求绝对的生活态度,尽人事以听天命,对于无论如何努力也得不到的东西,对于无论如何努力也达不到的境界,取一种不强求的态度,这样才能安心、从容、快乐。

知足常乐既然能够成为俗语,它就是一种民间智慧。它是对比较不成功的人的心灵抚慰,是给比较成功的人泼点儿冷水,让他们知道自己的限度。知道自己的限度以及自己在人群中的位置,是人能够获得快乐的前提。知道自己生命的限度以及自己在宇宙中的位置,是人能够得到一点儿快乐的大前提。而人只要凝神往深里想一想,存在其实只能是很悲苦的、很短暂的,哪里有什么快乐可言?

不与人比，不与己比

克里希那穆提提出，人应当认识自己，按自己本来的样子接纳自己，不与人比，也不拿真实的自己与应该的自己比。这是很智慧的说法。

人从小就学着跟别人比赛、竞争，无论是小时候上学还是长大了工作，都要拼尽全力去跟别人比，比上了就得意扬扬，比不上就羡慕嫉妒恨。人们的才能本来是各种各样的，你这样强，别人那样强，即使做同一件事，还是强中更有强中手，如果人总是紧张兮兮地跟别人比拼，那就终生不会有安宁的心境。最糟糕的是，当你嫉妒别人的时候，你的心情就被彻底地败坏。因为嫉妒是一种负面情绪，它希望的一般不是自己跟别人一样好，而是把别人拉下来，降到自己的水平。甚至是幸灾乐祸，那简直就是邪恶了。一个常怀邪恶心的人，生活怎么能够幸福？

此外，世界上有些东西，如金钱、权力和名望，还是能够通过自己的努力获得的，所以跟别人比，有时能够起点儿正面作用，得到一点儿正面的能量；而有些东西，如美貌和智力，是先赋的，无论怎样努力也无济于事，只是徒增烦恼而已。所以，根本不需要跟别人比，只是照自己的样子接纳自己，才是获得好心情的不二法门。

大师进一步提出，人对真实自己的接纳，还应当包括不用真实的自己跟"应该的自己"去比，这又是为什么呢？"应该的自己"往往比真实的自己更漂亮，更聪明，更有钱，更有名。一看这些"应该的自己"，心里马上就会焦虑起来，为什么自己做不到呢？自己不是立过志的吗？不是给自己定过目标的吗？我应该是做老板的，怎么还是个打工的？我应该是当局长的，怎么还是个处长呢？我应该出书的，怎么书稿还压箱底呢？不跟"应该的自己"相比，要点在于去做自己喜欢的事，而不是去做应该做的事；去做自己喜欢的人，而不是去做应该做的人。只有这样，人才能获得内心的宁静和快乐。

总之，大师的规劝是希望人能够有一个平静快乐的人生，他把这种人生境界叫作"道"，如果做到了，就是得了道；如果做不到，就还没有得道，还在做无谓的挣扎。

保持生命活力

当人厌倦了一切时,他就厌倦了生命本身。所以要尽量保持自己的兴趣,对事的兴趣,对人的兴趣,对美的兴趣,对爱的兴趣。

年轻和年老最大的区别在于前者对世界万物兴趣盎然,后者却已经觉得一切都索然无味了。美食索然无味,性索然无味,就连爱也索然无味。因此,看自己对于一切事物是否还有兴趣,是检验自己是否步入老年的试金石。

记得7岁时我第一次跟父母去北戴河,觉得兴奋异常,兴致勃勃。由于在海边的沙滩上玩疯了,回到家里有好长一段时间不爱穿鞋,光着脚在家里的水泥地上跑。长大后又多次去北戴河,再也没有儿时的感觉,觉得一切都很普通。后来，北戴河的水污染得很厉害，感觉继续恶化。有位发小，在她的女儿6岁时就带她去了西方生活，可能是因为念旧，有次回国探亲，她带女儿去了北戴河，女儿却对她说："妈妈，为什么要带我到这么脏的地方来？"朋友听女儿这样说，心中黯然。我们真的已经老了，儿时的兴致勃勃早已无影无踪。

人到了吃饭味同嚼蜡的时候，到了欲望全无的时候，也就到了接近死亡的时候。那天看了一部非常可怕的电影，叫作《日落号列车》，一位黑人牧师救了一位企图自杀的白人无神论教授，电影从头至尾是对人生终极问题的讨论，生命的意义，自杀问题，信仰问题。作品并未给出明确答案。在这个宗教信仰式微的时代，无神论是人们没得选的选择。影片提出一个令人窒息的问题：既然生命没有意义，为什么不可以自杀？我的回答是：也可以选择活着。

一个无神论者，一个明知生命无意义的人，仍旧可以选择活着，而且我认为这是一个比较自然、比较正确的选择。既然生命偶然地开始了，就让它继续偶然地存在，直至终点，用不着人为地干预这个过程。企图更早或者希冀更晚地结束这个过程、这条生命，那反而是不太自然的做法。此外，既然活着，就宁愿活得兴致勃勃，神采飞扬，不愿活得无精打采，暗淡无光。

但愿保持生命活力，让生命像一团热烈燃烧的火，直到死亡才能使它熄灭。

保持内心冲动

在人群中，可以看到活得兴致勃勃的人，也可以看到活得无精打采的人。

我有一个朋友，因工作安排不得不长期与丈夫两地分居，退休后没事做，竟收养了一个小女孩，从头养起，现在孩子已经7岁了，非常活泼可爱，经常对她说："妈妈，我能不能跟你聊天？"这位朋友告诉我，她每天都活得兴致勃勃，非常快乐。

我还有一个朋友，常年每天只睡四五个小时，为事业四处奔忙，很少在一个地方待一周以上的时间，还挤时间写诗、写杂文、写小说。他有一次对我说起他的人生态度：整体空，具体欢乐。他的生命兴致勃勃，丰盈饱满，美不胜收。据说快乐可以传染，作为他的朋友也能感染到生命的欢欣。

其实，人除了这几十年的时间，什么也没有。是让自己的生命兴致勃勃充满欢乐，还是让它无精打采、暗淡无光呢？完全取决于自己的选择。

真正能够给人带来快乐的活动是源于内心冲动的活动。人只要活着，就会有各种各样的内心冲动，或强或弱的内心冲动。

食与色是人内心最强大的冲动，所以古谚云：食色，性也。这是几乎人人皆有的内心冲动，只不过有人强烈些，有人微弱些。

捕获是人内心的冲动，比如渔民抓到鱼，猎人打到兔子，商人赚到钱。

创造也是人内心的冲动，希望无中生有地造出一些美好的物品，比如木匠造一把椅子，音乐家写出一首歌，小说家写出一部小说。

内心冲动越强烈的人，成功概率越高；内心冲动越小的人，成功概率越低。所以你看所有人生有光彩的人，都是内心冲动特别强烈充沛的人。

8
CHAPTER
万物皆备于我

每天清晨即起，洒扫庭除，
然后面对电脑，开始写作，
心情平静，甚至可以说是愉悦的。
愉悦来自一种万物皆备于我的感觉。

世间最美好的事物

常常感到世间美好事物是稀少的，多数事物平庸、琐碎，令人厌恶。

常言道，人生不如意事常八九，就是这种感觉。熵增趋势无处不在，无时不在，就是这种感觉。因此，当我们听到忧伤的音乐时会产生共鸣，心弦被拨动，热泪盈眶；因此，我们喜欢看悲剧甚于喜剧，因为在观看一部悲剧杰作时，我们可以任泪水尽情流淌，在同情主人公的命运时，隐隐哀悼自己的人生。

世间美好的是亲情。父母无条件地爱我们，但是我们无力阻止他们一天天老去，最终离世。每每忆及他们呵护我们的点点滴滴，泪水无声滚落，那是思念，那是绝望，他们已经无可挽回地逝去。

世间美好的是爱情。当迷恋式的激情发生之时，我们陷于微醺状态，觉得天更蓝，花更红，一切都美好得不可思议。可惜，迷恋式的激情不可能持久，或迟或早会转为平淡无奇，有时还会消失得无影无踪，无论是因为爱的对象逝去，还是因为激情不再。

世间美好的是友情。当相互的共鸣发生之时，我们感觉到内心的熨帖、舒适。但是真正达到蒙田与拉博埃西那样灵魂的投契程度的朋友并不多见，因为人的灵魂千差万别，每个人生命的兴奋点各不相同，少有相互间灵魂的完全重叠融和与喜爱，有时甚至难免阴差阳错，鸡同鸭讲，平添离愁。

归根结底，每个灵魂都是孤独的，孤零零来到世间，孤零零面对短暂而又漫长的人生，孤零零面对死亡，最终孤零零地离世，在浩渺的宇宙中消失得无影无踪，就像从未存在过一样。如果说曾经有过美好，最终也会丧失，这就是每个人都无从逃避的命运和人生。

世间最有趣的事物

人的一生,说长不长,说短也不短。记得有一个笑话,有个人见到上帝,他听说上帝那里的一分钱相当于世间的一万元,所以就求上帝说:"上帝呀,您能否给我一分钱?"上帝答:"行啊,等我一秒钟。"而上帝那里的一秒钟相当于世间的一万年(一笑)。在造物主眼里,人的一生只不过就是一眨眼的工夫,所以说人生真的很短促。但是从微观角度看,一天一天,一般人要过三万天;一年一年,也有80多年。想来还是挺漫长的。

在过了60岁时回顾一生,发现世间有趣的人和事物是如此之稀少,让人不胜感慨。人的一生大多数时间只能生活在吃喝拉撒的平庸琐碎之中,见到有趣的人和有趣的事的机会实在不多。

在我看来，世间最有趣的事情莫过于爱情，当人爱上另一个人时，人自身的存在处于最兴味盎然、朦胧暧昧的状态。所有的事情，只要是可以预知结果的，是可控的，立即就会丧失兴味，因为你只要木木痴痴、按部就班地去做就可以了，预定的结果会自然到来，不会感到兴奋、快活、痛苦、刺激，总之，比较平淡。人陷入爱情时却完全相反，他对另一个灵魂只是一味地喜爱、渴望，可是对方的心思却是飘忽不定、难以预知的。这种朦胧暧昧和未知就显得很有趣，像猜谜，又像捉迷藏，那个最终的谜底吸引着人，那个似有似无的身影吸引着人。那谜底如果是 Yes，人会欣喜若狂；那谜底如果是 No，人会痛不欲生。因此，说恋爱是人生最有趣的游戏，此言应当不虚。

世间比较有趣的事情是创造美。无论是写小说、写诗、写散文，还是写随笔、写博客、写学术专著，在写作过程中常常能够感受到兴奋和快乐，那是当你有了一个有趣的想法，做出一个巧妙的表达，甚至恰到好处地用了一个词，写出一个句子时，你感受到快乐。这种快乐在写诗和小说时感觉最为强烈，在写博客时有时也能感受到，在写学术专著时偶尔也能感受到。

除此之外，世间有趣之事还有对美的享用。世间所有的人当中，当数艺术家最有趣；世间所有的事物当中，当数他们的作品最有趣。无论是文学、音乐、美术，还是戏剧、电影，那些真正达到了"美"的境界的作品并不多，但是也足够人的一生享用了。如果稍稍放低欣赏门槛，比如把侦探小说、一般的爱情小说、质量比较高的商业影视剧加进来，那就算把一生所有的闲暇全部用尽也享用不完了。

回顾我过去的日子，感觉差强人意：我遇到过美好的爱情，感受过创造的快乐，也每天都如醉如痴地享用着人类最美好的艺术作品。在我失去爱情之后，我还能创造；在连创造的冲动也失去之后，我还能享用别人创造出来的美好的艺术品。我决定就用这样的生活将自己的一生塑造为一件美不胜收的艺术品，以便到离世时不会留下任何遗憾。

我的人生基调

有的人生是热烈的;有的人生是安静的;有的人生是快乐的;有的人生是痛苦的。

以热烈为基调的人生是英雄主义的。那些为了某一事业英勇牺牲的人,都拥有热烈的人生。秋瑾参加推翻帝制的革命活动,最终为之献身;特蕾莎修女终身为穷苦人操劳奉献;爱因斯坦发现相对论;贝多芬创作欢乐颂;凡·高画向日葵。这样的人生像燃烧的火,将生命燃尽,发出耀眼的光芒。

以安静为基调的人生是封闭的,是自我中心的。他们终生滞留在具体而微的小小空间之中,自我调适,自我圆满。达摩在嵩山面壁10年,李叔同在杭州西湖畔出家,封笔后的作家,退休后颐养天年的人们。这样的人生像小溪的水,静静流淌，绵绵不绝。

以快乐为基调的人生是明亮的，欢快的，开朗的。这样的人并不一定有钱，有权，有名，但是他们每天活得轻松愉快，迷恋着某种活动——唱歌，跳舞，做游戏（打麻将、电子游戏），读小说，看电影，每天都很快乐，常常沉迷在感官的享受之中，优哉游哉，不知死之将至。

以痛苦为基调的人生是晦暗的，郁闷的，压抑的。这样的人往往生性敏感，性格内向，总有事情令他们难过，就像失眠之人（有些人确实失眠了），度日如年。不愿与人交往，也不能承受与人交往的心理负担。往往陷入内心孤独的状态，茕茕孑立、形影相吊，终日郁郁寡欢，长期在生死之间犹豫不决，对彻底休息（谢世，消失）无限神往。

我的人生基调是安静的、快乐的。这种人生的优点是自我感觉舒适，缺点是利他因素缺乏。其实，深究下去，每个人（常人）都是自我中心的，只有极少数人例外，比如特蕾莎修女，她是利他主义、理想主义、英雄主义的极端人物，不属于常人。而一个人最终选择做一个热烈的人还是一个安静的人，做一个快乐的人还是一个痛苦的人，既有命中注定（先天）的因素，也有自愿选择（后天）的因素。我的人生基调可以说既是身心状况这些先天因素的必然结果，也是一种自觉清醒选择的偶然结果。

向往优雅的生活

作为"50后",我们生长在粗粝的环境中。所谓粗粝,一是物质生活的粗粝,二是精神生活的粗粝。物质生活水准低下,刚刚够吃饱穿暖。这还是我们这些城里人,农村的人在困难时期或饿毙,或与死神擦肩而过,成为幸存者,跟优雅的物质生活连一点儿边儿也沾不上。精神生活也干瘪粗糙,跟优雅的精神生活连一点儿边儿也沾不上。

在这样的生存环境中,人们对于优雅有十分复杂的感觉。有怀旧似的眷恋,有轻微的罪恶感,有伴随着嫉妒感的向往,也有犹犹豫豫的厌恶。就像孔庆东对章诒和描写最后贵族生活细节的反应。章诒和那些最后的贵族会为了某种特别味道的酱豆腐跑遍北京的大街小巷,毛巾必须每天换新的；孔庆东的反应则是父亲单位一年才发两条毛巾，全家大小把它们用到油渍麻花的程度。当数量众多的穷人挣扎在温饱线上之时，只属于凤毛麟角的优雅不得不带上罪恶的烙印。

现在，情况已经大大改观，大多数人过上了安定的小康生活，人们已经超越了吃饱穿暖这个生存的最低标准，开始追求快乐了。饮食男女，人之大欲存焉。人生在世，食欲与性欲的满足几乎囊括了人大部分的欲望和追求。古今中外，概莫能外。而食欲和性欲的满足只是获得优雅生活的条件，还远远不是优雅本身。

当然，有些食欲和性欲的品位可以臻于优雅的境界，比如说真正的法国美食和章诒和的酱豆腐，再如虐恋中仅仅通过角色扮演获得性愉悦的游戏。但是，真正的优雅恐怕还要从高级的精神审美活动中获得。文学，艺术，哲思，修行。只有从这些高雅的美的鉴赏和创造活动中，人才能获得真正的优雅。

"优雅"在大众眼中可能是一个敏感词，也许在整个世界都是敏感词，因为它牵涉阶级的分野、贫富的差异、身份的区别。这种区别是微妙的，是可意会不可言传的。优雅与否，只可以从细微处察觉，粗略去看是看不出来的。

优雅是一种生活态度。成天为生存挣扎劳作是无缘优雅的，只有到达悠闲的境界，才有可能优雅。而许多"土豪"即使可以整天无所事事，仍是粗俗的。

优雅是一种灵魂状态。灵魂是轻灵的、清澈的，所有的琐碎事物，所有肉体的需求和欲望，都与优雅无缘。

优雅是对美的享用。眼耳鼻舌身，所有的器官都关注美，仅仅关注美，享用美带来的赏心悦目的愉悦，逃离和避开所有的猥琐和丑陋。

俗话说，三代人才能培养出一个贵族。而优雅就是贵族的特征。

精致的生活

　　精致的生活就是像磨快刀子一样，把自己的眼耳鼻舌身磨快，用它们来细细切割生活。

　　人们每天睁开眼睛，以为自己在看，以为自己看到了一切，其实你什么也没有看到。你看到被夕阳染成橘黄色的远方的灯塔了吗？你看到缀满星斗的深邃的夜空了吗？你看到树干上那绿茸茸的一层青苔了吗？你看到那位黑人舞者性感无比的腹肌了吗？精致的生活就是让自己的眼睛偶尔看到这奇异的美景，并为之深深感动。

　　人们每天听到各种各样的噪声，电锯的噪声，汽车行驶的声音，邻居关门的声音，吵架的声音……你听到夏日虽然震耳欲聋却让人心静的蝉鸣了吗？你听到冬日令人惊心动魄的风声了吗？你听到恩雅宛如天籁的歌声了吗？你听到林间鸟儿的呢喃了吗？精致的生活就是让自己的耳朵偶尔听到这些奇异的声音，并为之深深感动。

人们每天闻到各种各样的气味，重度污染的空气中可疑的化学制品气味，公共卫生间永远去不掉的尿骚味，厨房的油烟味，汽车的尾气味……你闻到清晨带着朝露的青草的清新味道了吗？你闻到丁香花微甜的清香了吗？你闻到新出笼的馒头那带点发酵味道的香味了吗？你闻到他身上雄性动物特有的撩人气味了吗？精致的生活就是让自己的鼻子闻到这些奇异的味道，并为之深深感动。

人们每天想着各种各样的事情，怎样挣到点儿钱，怎样获得权力，怎样提高声望，怎样打发时间……你想到美了吗？你想到爱了吗？你想到你人生的意义了吗？你想到你的存在了吗？精致的生活就是让自己的思绪常常萦绕在存在周围，执着地追随着爱与美，并为之深深感动。

愿有生之年，生活变得如此精致，以便在离去时没有遗憾，只是留恋。

生活质量三维度

人的生活质量有高有低。质量有三个维度,一是物质生活质量,饮食、空气、睡眠等;二是人际关系质量,所打交道之人的优秀程度;三是精神生活质量,精神的纯粹丰富程度。

物质生活质量并不完全取决于经济能力,只要达到了温饱线,财富与物质生活质量就不一定有关了。天天吃酒宴,饮食质量并不一定比粗茶淡饭高,从致病的角度看,可能反而更低;身处豪宅,睡眠质量并不一定比一般住宅高,如果心中焦虑,可能反而更低;住在大城市,空气质量并不比乡野地方高,反而更低。

人际关系的质量对生活质量的影响更大。如果一个人所交往的都是纯净的、幽默的、美好的人，那么他的心情会常常处于愉悦状态；如果他交往的是沉闷的、猥琐的、小肚鸡肠的人，那么他也会活得无精打采或是气急败坏。

精神生活的质量对生活质量的影响最大。如果一个人有丰富的精神生活，每天与世界上最优秀的哲学家、文学家、艺术家交流对话（当然是通过他们的作品），脉搏与这些优秀的人一起搏动，思绪与这些美好的作品一起徜徉，追随着其中的美，享用这些美妙的思想、感觉，内心的愉悦感绵延不绝，那才算真正高质量的生活。万一自己还能像王小波所说，"创造出一点点美"，那生活的感觉将更加美不胜收。

在物质生活、人际关系和精神生活三个方面不断审视自己的生活。如哲人所言，不经审视的生活，不值得一过。

要过上高质量的生活，除了要具备享受人生的物质条件和精神条件之外，还有一个意愿的问题。

享受人生的物质条件当然包括谋生的基本技能，使得人能够独立于世，吃饱穿暖，身体健康。如果处于病中，就根本无法有享受的感觉，只能苦苦挣扎，度日如年。

享受人生的精神条件则包括感受力、理解力、敏感度，如果感受力不强，理解力不强，也无法有享受的感觉。尤其对于艺术品的精妙之处，没有一颗善感的心，往往感应不到。感受力其实倒不一定需要专业的训练才能获得，就像看一幅画,它的好坏价值是专业评论人的事情,能为人带来美的享受只需要一颗善感的心就足够了;就像读一本小说,它的优劣高下是专业评论家的事,而一篇小说能为人带来美的享受也只需要一颗有理解力的心灵就已足够。

物质和精神条件全都具备了,还有一个自身意愿的问题:有的人天生不愿意享受,而愿意受苦,比如那些抑郁的人,比如那些出家的人。比起享受人生,他们更愿意品味人生的痛楚。这也并不是完全不可取的人生态度,反倒是一种更接近生命本真状态的选择,因为人生的真相并不是快乐,而是痛楚和荒芜。

草率与精致

有的人生是草率的,懵懵懂懂的;有的人生是精致的,明澈的,清醒的。前者是多数人的状态,后者只有少数人能够做到。

多数人就像被一种未知的力量抛到世界上来,出生在一个家庭,被懵懵懂懂地喂养长大成人,然后自己成家生孩子,尽其所能把孩子养大,自己老去死掉,所遭遇的一切都是切近的,所做的事情都是不得不做的,即使有点儿闲暇,也是犯犯愣,玩玩随机的游戏,把时间打发掉。有时,跟周围的人发生冲突,也会激烈地争吵,伤心动肝,但是细想起来,全是鸡毛蒜皮的琐事,完全不值得。

少数人的人生却不是那么草率、懵懂的,他们能够将自己的人生塑造成一件精美的艺术品。事实上，他们从有了自我意识之后就一直在有意地做这件事：将自己的人生塑造成一件艺术品。正如福柯所说，不知从何时开始，艺术成为一个专门的行当，音乐家歌唱，画家作画，作家写作，艺术家雕塑，而人生难道不应成为一件艺术品吗？

精致的人生包括三个方面的精致：物质生活的精致、人际关系的精致以及精神生活的精致。

物质生活的精致并不是奢华，并不是炫富，而是简单的、质朴的，衣食住行仅仅是舒适而已，绝不刻意追求名牌和过多的占有，所做的一切仅仅满足存在的必需。因为与存在相比，对物质的占有是无足轻重的。

人际关系的精致是精心挑选可交之人。古人说，知我者，二三子。王小波讲过，以交友为终身大事，可也只交到几个朋友而已。亲人固然无可选择，友人、爱人却可以精心挑选。只与心灵投契者交往，不把精力浪费在应酬式的人际交往上面，这是将自己的生活塑造成艺术品的重要一步。

精神生活的精致则是精心挑选人类智慧和艺术宝库中的精品来享用，尽量不在低劣的精神垃圾中虚耗生命。如果自己恰好有某种艺术才能，则创造一点点美出来。而在塑造美的艺术品的同时，将自己的生命也塑造成一件精美绝伦的艺术品。

从容不迫

不知不觉间在人世已活了一个甲子。据说痛苦的岁月感觉上过得慢,快乐的日子感觉上过得快。既然我能在不知不觉间就过了60年,说明我的生活基本上是快乐的。

在我的感觉中,生活就像一条潺潺流淌的小溪,清澈见底,波澜不惊。它无声地流淌,蜿蜒绕过水中的怪石,在某个靠岸的角落,水流舒缓,几乎停滞,有翠绿的浮萍显现,偶尔还可以看到细小的游鱼在其中嬉戏,倏忽不见,再也难寻踪影。

我的生活最大的特点就是从容不迫,很少真正着过急,较过劲。主要的原因是我做什么事都很容易做好,稍加努力就名列前茅。比如从小学到中学进的都是最好的学校,而班里如果有一个少先队大队委员，那就是我；如果考试只有一个人得奖，那就是我。并不用特别努力，得了奖也并不特别高兴。当然，心里还是愉快的。

所有的青少年最大的人生考验是考大学，而我偏偏连这个都没赶上——该我考大学的时候，"文化大革命"爆发了，大学停招了。我一生没怎么真正着过急，我的智力的极限也没真正受到过挑战，我不知道什么是过不去的关卡。

但是要说完全没有着过急也不准确。急还是着过几次的。一次是在内蒙古兵团待了三年之后，妈妈通过一位熟人把我调回北京。去内蒙古兵团作为我人生中第一次离家远行，经历是痛苦的、艰难的，这痛苦既有肉体的，也有精神的，所以有这么个走开的机会就像命运的转机，是生活道路上的一个大转折，所以还是真着了点儿急的。日有所思，夜有所梦。冯唐这么聪明的人还会梦到考数学，我的一个反复出现的噩梦就是又回了内蒙古兵团：不知怎么回事，我没有走成，又回到了那里，心里那个着急，那个痛苦啊，对要面对的生活感到不寒而栗。

还有一个噩梦就是误飞机，那是1982年去美国留学时落下的毛病。那年的9月13日是报到截止日期，如果我不能在那天赶到学校，奖学金将会被取消。而当时中国飞往美国的飞机并非每天都有航班，我好不容易赶上了9月13

日（那是林彪座机坠毁温都尔汗的日子，不吉利啊）的飞机，因为美国与我们有 12 个小时的时差，才得以按时赶到学校，开始了我长达六年的留学生活。如果差一天或晚几个小时，我的生活道路将被改写。那次真是急大了，我能不做噩梦吗？

除此之外，我的生活大体上从容不迫，波澜不惊。

万物皆备于我

退休之后，没有工作压力，没有生存压力，没有非做不可的事情，没有无法满足的欲望。每天清晨即起，洒扫庭除，然后面对电脑，开始写作，心情平静，甚至可以说是愉悦的。愉悦来自一种万物皆备于我的感觉。

难怪黑塞讴歌老年，说的就是这种心情，这种境界。叔本华脍炙人口的钟摆理论讲的是一种绝望的矛盾：当人有欲望无法满足时，他痛苦；当人所有的欲望都满足时，他无聊。

人生就像钟摆一样在痛苦和无聊中摆来摆去。现在，我所有的欲望都已满足，可是侥幸还没有陷入无聊的境地，又是何等幸运。

我的幸运首先要感谢互联网的出现。在梭罗的时代，他独自一人住在瓦尔登湖，观察自然，观察生命，把各种感悟用美好的文字记录下来，但是并没有人能够听到他的所思所想，他的天籁传达不到听众的耳中，是多么寂寞。而如今我只要发一篇博客，几分钟之内就有几百人可以读到，使人从心底感到愉悦，就像刚刚对知音友人直抒胸臆，双方会心一笑，心中的熨帖感觉难以言表。

蒙田曾说："如果我有信心做我真正想做的事，我就会不顾一切，彻底地自说自话。"为什么自说自话还要"不顾一切"？那是因为如果你仅仅自说自话不会有听众。而互联网把这个问题彻底解决了：一个人尽可以自说自话，而竟然听者如云。这是多么惬意的事情！

归根结底，人还是社会的动物，与人交流是与生俱来的愿望，否则他与一棵树、一只小虫、一块石头没有区别。这种交流当然包括身体的接触，但是更迫切的是精神的交流。无论怎样花样翻新，也就那么回事。精神生活却大为不同。有的人像沙漠一样，一片荒芜；有的人却是枝繁叶茂，郁郁葱葱。二者有天壤之别。叔本华所说的无聊就是指前者，他的钟摆理论并未把所有人一网打尽，而是对精神丰富者尤其是艺术家、哲学家网开一面。他们在满足了所有的物质欲望之后，转向精神，从而可以免除无聊的宿命。

当然，我免除无聊的生活还要感谢古今中外所有精神优异者的精神产品，文学、美术、音乐和影视作品，如尼采所说，人为什么不需要朋友，因为他完全可以通过这些精神产品与古往今来最优秀的人谈天说地，与这些最优秀的灵魂做最美好的交流与分享，终身受用不尽。没有别的理由和动机，只是确保自己的生活不至于陷于无聊，而是充满精神的愉悦和感动。

为什么做事

退休之后,生活的方式变得纯粹:过去,总有许多不得不去做的事情,忙碌焦虑,争分夺秒,事半功倍,按时交活儿,无形中冲淡了关于生命意义的思虑。现在则不同,所有的忙碌戛然而止,生活的意义、做事的意义的问题每时每刻摆在面前,无可回避。

只要想想浩瀚的宇宙和渺小的稍纵即逝的生命,马上就会万念俱灰,全无动力做任何事情。叔本华写道:"但愿我能驱除把蚂蟥和青蛙视为同类的幻觉,那就太好了。"如果心灵比较强悍,就不需要这类幻觉,人类的生命说到底与青蛙、昆虫没什么大区别,只不过它们的生存时间更加短暂,一年或一天,而人类幸运的话可以活100年。仅此而已,岂有他哉？

既然知道生命并无意义，一切终将归于沉寂，为什么还要去做任何事情？还有什么事情是值得一做的？我常常这样反躬自问。没有答案，只是心中感到一片茫然。

如果说有一个答案，那就是：没有一件事是值得一做的。这是一个人们不愿意直面的答案，惨烈而悲壮。

既然如此，人们为什么还在做事呢？

人们做事的原因有两类：一类是不得不做的，一类是作为享受喜欢去做的。前者是所有谋生类的事情，是为了满足起码的生活必需、为了维持生存不得不去做的事情；后者是自己喜欢去做的事情，是能从中获得愉悦感的事情。后者才是相对来说比较值得一做的事情。

人在全无必需的情况下，如果还有动力做事，应当出于以下几类动机。

第一类动机是想使自己的生命伟大一些，而不是那么渺小。日常生活，吃喝拉撒睡，都是渺小的。有些人做事是为了使自己的生命不那么渺小，做出一点儿常人做不出来的事情，使自己从芸芸众生中脱颖而出，被人仰望，被人尊重，被人记忆。

第二类动机出于对他人的同情和怜悯，帮助他人。像那些做慈善的人，他们希望以自己的能力和努力帮助那些处境不如自己的人。我认识一帮动物保护主义者，每天为改善小动物的处境东奔西走，大声疾呼，他们就更是出于同情和怜悯。

第三类动机是所做之事能给自己带来巨大的快乐。一些艺术家就是这样的，他们写小说、画画、作曲、拍电影、排话剧。在做事的过程中非常享受，乐此不疲。

目前，我对第一种动机和第二种动机都很淡，只剩下第三种动机使我每天还能勉强爬起来做一点儿什么。与此同时，我会继续常常想着宇宙和我的生存，演练死亡。我想把每晚睡去想象为死亡，因为它有一段时间是全无知觉的，确实跟死亡很相像；把每天早上醒来想象为出生，因为这样才能使我的生命中新的一天过得有新奇感、兴奋感。我的每一天都应当以梭罗在那篇日记中表明的态度来度过，他在瓦尔登湖畔 19 世纪某天的日记中郑重其事地写道：我现在开始过某年某月某日这一天。经过这样的演练，我希望在死亡到来的时候我的心情会无比平静，因为我已经无数次地演练过死亡。

论无所事事

不劳动者不得食。这是自从各国都否定了贵族制度之后人们普遍认同的一个价值。资产阶级革命铲除了社会上有一小撮人可以从出生到死去完全无所事事的特权，要求所有的人都参加生产劳动，即使是资本家本人也要辛辛苦苦把资本挣到手，有的通过体力劳动（很多出身贫寒的资本家），有的通过脑力劳动（经营管理类劳动）。后来就连资本家的劳动都一度不算劳动了，他们成为一个个工薪劳动者。即使后来又允许办私企了，那些私企和国企的高管也都不是无所事事之人，他们所从事的经营管理类工作往往比一般员工还要辛苦些。像比尔·盖茨和李嘉诚这样的世界首富，也不是无所事事之人。

有一种说法：世界上的优秀艺术品都是无所事事的人创

造出来的，比如说贵族。古代的贵族成天无所事事，所以就别出心裁地创造出一些美和有趣的东西。他们活得百无聊赖，所以会挖空心思到处去找乐子，找着找着就发明出一些有趣的游戏，比如写小说。

这一说法是拿得出一些证据的，比如普希金、托尔斯泰就都是贵族，他们从出生就可以不愁衣食，可以无所事事，有大量的闲暇时间可以写作。但是这一理论无法解释许多出身贫寒的作家，比如陀思妥耶夫斯基，他写了《穷人》，虽然高雅的艺术圈奚落他的作品有股子"汗酸味"，但是谁也否定不了他在世界文学史中的地位。

在我们这个没有贵族的社会，无所事事地生活的地位是需要争取的，比如退休是在终身劳作之后，有钱是在辛苦挣钱之后。比较奇特的是，在我们国家，就连文学艺术的创作有时也成了工作，比如作协的"专业作家"，由政府从纳税人的钱里拿出一部分，给他们发工资，作为他们文学艺术创作的报酬。

在人已经到达了可以无所事事地生活的地位时，多数人并不会真的选择无所事事。原因在于不忍看时间白白流逝，不愿让生命完全虚度。虽然明知虚度还是"实度"最终殊途同归，没有区别，但是虚度比较郁闷，找点儿事做比较快乐。

细细品味生活

多数人的人生是匆匆忙忙、懵懵懂懂的,就像一个人早上醒来,睡眼惺忪,忙忙碌碌处理手头该做的事,一直做到深更半夜,睡眼蒙眬,然后昏昏睡去,一整天眼睛都没真正睁开过。对这样的人来说,死只不过就相当于最后一次闭上眼睛,不再醒来。很多人就这样半梦半醒地度过了一生。

不是说这样的人生有什么不好,只是替他觉得不值。其实,生活是需要细细品味的,越品才越有味,品得越细越得其中之味。

洋槐花在绿叶的映衬下,显得紫得耀眼,严格地说,那一串串的花朵是紫红色的,夹着粉色,美得让人透不过气来。海棠花昨天还是一个个圆圆的花骨朵,一夜之间,突然绽放，丈高的一棵大海棠树已经是一片粉白。微风掠过，落英缤纷，白色花瓣飘落，地上一片雪白，令人顿生人生如梦之感。

人们吃饭往往只是为了果腹，大口大口地囫囵吞枣，猪八戒吃人参果，不知其味。今晨吃馒头片时，一小口一小口细细咀嚼，就着一小口豆浆，再加上几粒五香花生米，那味道渐渐吃出不同，香甜沁入心田。可惜了平常大多数时间，只是饕餮大嚼，错过了这美好的感觉。

喝水和品茗也有天壤之别。喝水只是生存必需，维持生命而已。而如果细细品茗，铁观音在咽下之后，会感觉到舌尖喉头留有一丝甜味，令人心旷神怡。生活不也是这样吗？如果你拿它当一碗白开水囫囵吞下，它就是白开水的味道；如果你拿它当铁观音细细地品，它就是极品的味道。

悠闲才是真正的奢侈

在这个世界上,真正的奢侈是悠闲。人四处奔走,尽其所能占有各种生活必需品。生活必需得到满足之后,就尽其所能占有各种奢侈品。所谓奢侈品,并非生存必需的商品,即使勉强可以算作生存必需,其价格也远超其价值。殊不知,真正的最珍贵的奢侈品不是这些东西,而是悠闲。

归根结底,所有的奢侈品都是身外之物,生不带来,死不带去,人能够真正拥有的只有时间,这几十年宝贵的时间。在生之前,在死之后,人一无所有;在生死间,人能拥有的只有时间。

在人生存的这几十年间,年幼时懵懵懂懂,不知所以,像小动物一样恐惧地面对世界,担心饥寒冻馁,担心天灾人祸，对各类事故只能采取消极应对的态度。年纪渐长，要终日学习，习得谋生的手段。好不容易走出学校，又要投入将近40年的时间，做一件自己或许喜欢或许不喜欢的工作。如果是不喜欢的工作，那就是纯粹为谋生而做，尽管内心厌倦也不得不做；如果正好是喜欢的工作，那么在谋生之外，还添加了一些乐趣，可以享受工作的过程，乐在其中。只有到退休之后，人才得悠闲。因此可以说，退休的生活才是人生的黄金时代。

也有一些例外之人，例如古时贵族，可以终身不必工作，享有悠闲的生活。但是社会渐渐对他们不能容忍，人生而平等，凭什么有一群人就可以与众不同，过无所事事的悠闲生活？于是社会改良、社会革命，取消了他们的特权。现代社会，几乎人人都要工作，都应工作，即使贵族也不例外。

另一群例外之人就是富人。他们，或者至少他们的配偶、子女是不必工作的，因为他们的钱根本花不完，于是社会上出现了一群新的悠闲人。他们当中很多人虽然没有必要工作，但还是会去做一些工作，至少是文化类的工作；文学艺术类、音乐美术类的工作；不为谋生只为创造美的工作；那些工作本身即享受的工作。西方富二代喜欢学人类学，去研究现存的原始部落，其实就是为了满足了解那些过着跟自己不一样的生活的人及其文化的好奇心;他们还去研究哲学,像维特根斯坦,涉入那些只有纯粹精神价值却无法赚钱的领域。

真正的看透其实是彻底悠闲,无所事事。唯一自己能够把握和享用的只有自己的时间。至于这段时间,你做点儿什么还是什么都不做,结果都差不多。

悠闲与文化

世上美好的艺术品都是悠闲的产物，雅文化都是悠闲创造出来的，而忙碌的世俗生活只能产出俗文化，像烧酒，给人强烈刺激，因为繁忙的世俗生活已经使人疲惫倦怠，麻木不仁，非强烈刺激不会起反应。雅文化则不同，它们一般都是清清淡淡的，需要比较敏感的味蕾才能尝出味道的。

在传统社会，绝大多数人都要为生存做艰苦的劳作，只有贵族才有闲，所以雅文化总是与贵族联系在一起的，即使不是他们创造出来的，也是应他们的需求创造出来的。说白了，这些从生下来就什么都不用做的人穷极无聊，就会发明或发现一些好玩的、有趣的游戏，以使身心愉悦，这就是雅文化的源头。可惜，世袭贵族制度的弊病太过明显，不得不消亡，因为所有人在人格上都应是平等的。

好在进入现代社会之后，有闲的机会大大增加，不会再仅仅限于一小撮人了。根据一位德国学者的说法，目前德国的生活必需品生产只需要三分之一的人口工作就已经可以满足，三分之二的人口已经可以从上幼儿园的岁数就进入退休生活了（这是他的原话）。这就是说，在德国已经可以有三分之二的人口过上传统贵族的生活了：终身不用辛苦做任何事情，只是优游享乐就行了。但是，随着现代化和工业化进程的推进，生存必需品生产的所需人口趋向于减少，有越来越多的人可以不做事了，至少在退休后可以享受到不需劳作的优游生活了。

有数据显示，北京的小剧场数量只相当于纽约、伦敦的几个百分点，可见雅文化离中国人的生活还很遥远。但是，我相信，随着现代化进程的推进，中国人对雅文化的需求会越来越大，越来越多的中国人也将会过上优游舒适的物质和精神生活。